하브루타 학습법으로 생각을 키우는

진 짜 진 짜

독서논술

6권

초등 3학년

저자 박현창

한양대학교 국어교육과를 졸업하고 독서교육의 선구자인 박영목 교수님을 사사했습니다. 대학 졸업 무렵 은사의 권유로 국어 교재 연구에 뛰어들었고, 국어 교재 기획과 개발에서 영향력 있는 전문가로 활동하고 있습니다.

저서로는 〈기적의 독서논술〉 전 12권, 〈어휘 바탕 다지기〉 전 4권, 〈한자 어휘 바탕 다지기〉 전 4권, 〈퀴즈 천자문〉 2,3권, 〈퍼즐짱 한자박사〉가 있습니다.

재능한글, 재능국어 초중등 프로그램, 재능국어 읽기 학습 프로그램, 제6차 교육과정 고등학교 독서 교과 2종을 개발하였고, 중국 선전 KIS 국제학교 교사, 중국 선전 삼성 SDI 교육 자문 위원으로 활동했으며, 하브루타 창의인성 교육연구소 이사로 활동 중입니다.

저자 장성애

교육학을 연구하고 물음과 이야기가 있는 개념 있는 삶을 지향하는 하브루타 코칭과정을 개발했습니다. 독서, 학습, 토론, 상담, 머니십교육 등을 진행하며 마음샘 교육심리 연구소와 하브루타 창의인성 교육연구소 소장으로 활동 중입니다.

저서로는 〈영재들의 비밀습관 하브루타〉, 〈질문과 이야기가 있는 행복한 교실〉(공저), 〈엄마 질문공부〉가 있습니다.

유아부터 성인까지 다양한 학습자들을 만나면서 부모 교육과 교사 연수를 비롯해 각 교육 기관, 사회 기관, 기업 등에서 강의하고 있습니다.

진짜진짜 독서논술 6권 초등 3학년

초판 발행 2021년 2월 20일

글쓴이 박현창, 장성애
그린이 박정제, 이성희, 김청희, 최준규
편집 이정아
기획 한동오
펴낸이 엄태상
디자인 이건화
마케팅 본부 이승욱, 전한나, 왕성석, 노원준, 조인선, 조성민
경영기획 마정인, 최성훈, 정다운, 김다미, 오희연
제작 조성근
물류 정종진, 윤덕현, 양희은, 신승진
펴낸곳 시소스터디
주소 서울시 종로구 자하문로 300 시사빌딩
주문 및 문의 1588-1582
팩스 02-3671-0510
홈페이지 www.sisostudy.com
네이버 카페 시소스터디공부클럽 cafe.naver.com/sisasiso
이메일 sisostudy@sisadream.com
등록일자 2019년 12월 21일
등록번호 제2019-000149호
ⓒ시소스터디 2020
ISBN 979-11-91244-06-9 [64800]

머리말

우리 아이들이 이미 접어들었고 살아가야 할 세상을 흔히 지식정보화 사회, 지식혁명의 시대라고 합니다. 그래서 고도의 이해와 표현 능력, 논리적이고 창의적인 듣기 · 말하기 · 읽기 · 쓰기가 요구됩니다. 사회와 학교에서 국어 교육의 중요성을 새삼 인식하게 된 까닭이 여기에 있습니다. 논리적이고 창의적인 언어 사용이란 이치에 맞게 조리 있게 말과 글을 쓰는 것이고 나아가 이미 존재하고 있었으나 미처 깨닫지 못했던 이치를 발견해 내는 것입니다. 요약하면 지식과 지혜입니다. 지식이 아는 것이라면 지혜는 그 앎을 적용 또는 활용하는 것입니다. 이 시대는 지식에서 추출하고 정제한 지혜가 더욱 필요한 때입니다. 지혜로운 듣기 · 말하기 · 읽기 · 쓰기가 세상과 사람에 대한 근본 원리를 이해하는 데 값어치를 합니다.

그러나 국어 교육이 여전히 지혜보다는 지식에 편중되어 있음이 참 안타깝습니다. 지식을 외고 저장하기에 정신없이 바쁩니다. 물론 지혜의 바탕은 지식입니다. 하지만 딱 지식에만 머물러 있어서 교육에 들이는 노력과 비용이 아깝기만 합니다.

지향할 가치가 바뀌었으니 당연히 그것을 성취할 방법과 평가도 바뀌어야 합니다. 이전 세대에게 적용되었거나 써먹었던 가치, 방법과 평가가 주는 익숙함의 관성을 탈피해야 합니다.

논리적이고 창의적인 사고력은 사실 아이들이 어른들보다 훨씬 낫습니다. 서너 살 먹은 아이들을 보세요. 무엇인가 끊임없이 묻고 이해하려 듭니다. 그리고 시인의 감수성에 버금가게 감동적으로 표현합니다. 다만 어른들이 이해하지 못하고 받아들이기 껄끄러워할 뿐입니다. 어른들의 생각맞춤법에 어긋난다고 하여 얕잡아보고 무시해 왔지만 철학은 언제나 그들의 논리와 창의가, 지식과 지혜가 마땅하고 새삼 놀랍다고 증명합니다.

그래서 해결책은 의외로 뻔하고 쉽습니다. 아이들에게 마음껏 의견을 내놓고 따지고 판단하는 토론의 멍석을 깔아주는 것입니다. 여기에 딱 한 가지 '고도'의 기술이 필요하기는 합니다. 아이들의 듣기 · 말하기 · 읽기 · 쓰기와 이를 바탕으로 한 토론에 그지 도닥도닥 격려하고 긍정의 추임새를 넣어주며 존중해 주는 것입니다. 그래서 이 책을 내놓습니다.

저자 **박현창**

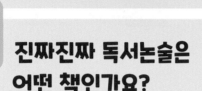

우리 책을 소개합니다.

1 진짜진짜 독서논술은 어떤 책인가요?

질문과 대화, 토론과 논쟁을 통해 창의적으로 답을 찾는 하브루타 학습법을 도입한 독서논술 학습서예요. 주어진 논쟁거리에 자유롭게 묻고 답하며 생각을 마음껏 키울 수 있어요. 더불어 읽기와 쓰기, 어휘 문제를 풀면서 국어력도 키워 줘요.

진짜진짜 독서논술은 언어 능력을 개선해서 사고력과 창의력을 키워 말과 글로 자기 생각을 표현할 수 있는 능력을 기르는 학습서예요.

2 하브루타 학습법이 무엇인가요?

하브루타는 짝을 지어 서로 질문을 주고받으며 공부한 것에 대해 논쟁하는 유대인의 전통적인 토론 교육 방법이에요.

정해진 답을 찾는 게 아니라 쟁점에 대해 다양한 생각과 시각을 나누는 창의적인 학습법이죠. 질문을 주고받는 과정에서 자신이 아는 것과 모르는 것을 인지해서 부족한 점을 보완하는 메타인지 능력도 키울 수 있어요.

하브루타 학습법은 사고력을 기르는 데 적합한 공부 방식으로, 우리 책은 토마토 모양에 하브루타식 질문을 담았어요.

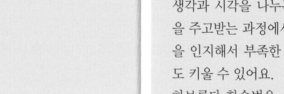

3 왜 토마토 모양에 하브루타식 질문을 넣었나요?

토마토는 '토닥토닥 마음껏 토론하기'를 줄인 말이에요. 하브루타 토론을 마음껏 해 보기를 바라는 마음을 담은 표현이지요. 질문은 다섯 가지 유형으로 나눠지는데, 이 유형은 바로 사고력을 다섯 가지로 구분한 거예요. 사고력의 다섯 가지 유형은 다음과 같아요.

| 사실적 이해 | 추론적 이해 | 비판적 이해 | 창의적 이해 | 논리적 이해 |

토닥토닥 마음껏 토론해 봐

사고력의 다섯 가지 유형을 소개합니다.

사실

사실적 이해

읽은 내용을 사실 그대로 이해하고 표현하는 것

2 표현하는 내용과 어울리는 낱말을 찾아 선을 그어 보세요.

왕 다음가는 높은 자리 ○　　　　　○ 보장왕

왕 노릇을 하는 장군 ○　　　　　○ 대막리지

허수아비 왕 ○　　　　　○ 연개소문

추론

추론적 이해

직접 드러나지 않은 내용이나 생략된 부분을 이해하고 표현하는 것

1 간을 바위 위에 두고 왔다고 말하는 토끼의 마음은 어땠을까요? 알맞게 표현할 수 있는 낱말을 찾아 스티커를 붙여 보세요.

토끼의 마음은　｜스티커｜　했습니다.

| 조마조마 | 싱숭생숭 | 알쏭달쏭 |

비판

비판적 이해

일정한 기준에 따라 옳고 그름, 좋고 나쁨을 가치 판단하는 것

3 행차를 방해한 마을 사람들을 죽도록 때리라는 왕의 명령을 어떻게 생각하나요? 맞는 의견에 V표 하고, 이유를 써 보세요.

☐ 왕을 화나게 했으니 벌을 받아야지!　　☐ 사람을 죽도록 때리는 건 옳지 않아!

논리

논리적 이해

원인과 결과를 논리적인 규칙과 형식에 맞게 이해하고 표현하는 것

3 연개소문과 보장왕의 생각은 어떻게 달랐나요? 빈칸에 알맞은 낱말을 쓰고 동의하는 의견에 V표 해 보세요.

보장왕 : 적의 적은 　　　　　(이)니까 힘을 합쳐야겠다.

연개소문 : 고구려에 큰 　　　　　이/가 될 거니까 없애야겠다.

창의

창의적 이해

읽은 내용을 바탕으로 상황과 조건에 맞게 생각을 창조하고 표현하는 것

3 크리스마스에 받고 싶은 선물을 그림으로 그리고, 그 선물이 왜 받고 싶은지 이유를 말해 보세요.

5 무엇을 읽고 문제를 푸나요?

읽는 건 정말 중요해요. 하지만 을 읽는지는 더 중요해요. 선별되지 않은 글을 마구잡이로 읽으면 오히려 을 기르는 데 방해가 되죠. 진짜진짜 독서논술은 오랫동안 읽혀 충분히 검증된 글감을 선택했어요. 또한 어린이 연령에 맞게 새롭게 각색해서 재미있게 술술 읽을 수 있어요.

6 어떤 글감을 골랐나요?

2015개정 교육과정은 창의융합형 인재가 갖춰야 할 여섯 가지 핵심역량을 제시했어요. **자기관리 역량, 지식정보처리 역량, 창의적 사고 역량, 심미적 감성 역량, 의사소통 역량, 공동체 역량**이에요.
진짜진짜 독서논술은 이 핵심역량을 기르는 데 적합한 글감을 선별했어요. 창의융합형 인재로 성장하는 데 필요한 스스로 활동에 참여하고 주제를 탐구할 수 있는 글감을 골랐어요.

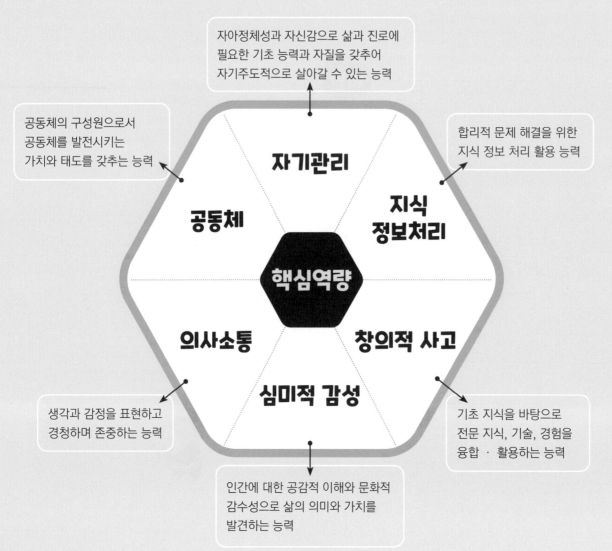

자아정체성과 자신감으로 삶과 진로에 필요한 기초 능력과 자질을 갖추어 자기주도적으로 살아갈 수 있는 능력

공동체의 구성원으로서 공동체를 발전시키는 가치와 태도를 갖추는 능력

합리적 문제 해결을 위한 지식 정보 처리 활용 능력

생각과 감정을 표현하고 경청하며 존중하는 능력

기초 지식을 바탕으로 전문 지식, 기술, 경험을 융합 · 활용하는 능력

인간에 대한 공감적 이해와 문화적 감수성으로 삶의 의미와 가치를 발견하는 능력

자기관리

공동체

지식 정보처리

핵심역량

의사소통

창의적 사고

심미적 감성

학습을 이끌어가는 캐릭터와 활동지를 소개합니다.

진짜진짜 독서논술은 창의융합형 학습을 주도적으로 해낼 수 있는 학습서예요. 학습이 어렵지 않도록 도움을 주는 캐릭터가 등장해요. 친근하고 재미있는 캐릭터를 따라가면서 즐겁게 학습할 수 있어요. 문제 해결에 도움을 주는 활동지도 있어요. 활동지를 적극적으로 활용하면서 학습에 도움을 받을 수 있어요.

이야기나라를 다스리는 가라사대왕은 너무 바빠요. 그래서 사건을 해결해 줄 어린이를 찾아 가리사니로 임명하지요. 가리사니는 사물을 판단하는 힘이나 능력을 뜻해요. 우리 친구들이 가리사니가 되어 이야기나라의 문제를 해결해 보는 거예요.

학습을 도와줄 친구도 있어요. 눈도 크고 귀도 커서 보고 들은 것이 많은 똑똑한 뿌토예요. 뿌토가 문제와 활동마다 등장해서 도움을 줄 거예요.

이야기의 줄거리를 미리 그림으로 살펴보는 활동지예요. 재미있는 그림을 보여주는 요지경 장난감처럼 진짜진짜 독서논술의 요지경도 즐거움이 가득해요. 직접 요지경을 만들고 재미있게 살펴보세요.

이야기에서 다룬 어휘를 선별해서 모아 놓은 낱말 카드예요. 요지카의 어휘는 **서울대 국어 연구소**에서 제시한 **등급별 국어 교육용 어휘**에서 선별했어요. 난이도에 따라 별등급을 매겨 놓았어요.

우리 책의 구성을 소개합니다.

읽기 전 활동

준비하기

이야기를 이해하기 위해 배경지식을 확인하며
이야기에 대한 호기심을 높이는 활동

훑어보기

이야기에 나오는 그림을 먼저 보고 내용을
상상해 보면서 이해를 높이는 활동

읽기 활동

들어보기

주제를 생각하며 이야기를 직접 읽는 독해 활동

따져보기

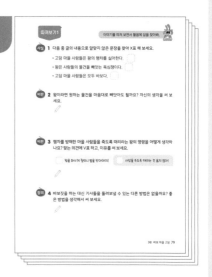

사고력을 기르는 하브루타식 문제를 풀어보며
토론해 보는 활동

- **읽기 전 활동:** 내용을 짐작하고 관련 정보와 사전 지식을 검토해 보는 활동
- **읽기 활동:** 이야기를 읽고, 문제를 풀며 사고력을 높이는 활동
- **읽은 후 활동:** 이야기를 창의적, 논리적으로 해석하며 생각을 키우는 활동

읽은 후 활동

간추리기

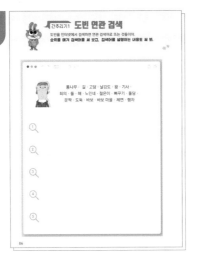

내용을 잘 이해하고 기억하는지 확인하는 활동

짚어보기

창의융합형 활동으로 창의력을 기르는 활동

보고하기

이야기의 주제를 창의적으로 해석해서 글로
표현하는 쓰기 활동

어휘다지기

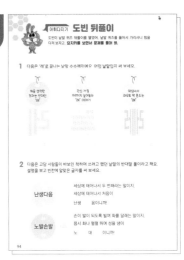

주요 어휘와 낱말을 문제로 풀면서 익히는
어휘 활동

5권과 6권의 커리큘럼을 소개합니다.

권	장	제목	핵심역량	키워드	글감	관련 교과
5	1	목걸이	자기관리	욕심, 허영심	기 드 모파상 작품	• [국어 4학년 1학기] 내가 만든 이야기 • [사회 4학년 2학기] 경제 활동과 현명한 선택 • [국어 6학년 2학기] 정보를 활용한 기사문
	2	왕과 매	의사소통	희생, 우정	몽골 비사	• [국어 2학년 1학기] 마음을 전하는 편지 쓰기 • [국어 3학년 2학기] 작품 속 인물이 되어 • [국어 5학년 1학기] 추론하며 읽기
	3	아트리의 종	공동체	정의, 공존	이탈리아 옛이야기	• [국어 2학년 2학기] 일이 일어난 차례를 살펴요 • [국어 3학년 1학기] 일이 일어난 까닭 • [국어 6학년 2학기] 효과적인 관용 표현
	4	호동 왕자와 낙랑 공주	지식정보 처리	양자택일	삼국사기	• [국어 4학년 2학기] 의견이 드러나게 글을 써요 • [국어 6학년 2학기] 인물의 삶을 찾아서 • [국어 6학년 2학기] 효과적인 관용 표현
6	1	똥강아지 꿀강아지	공동체	재치, 창의적 발상	우리나라 옛이야기	• [국어 2학년 2학기] 간직하고 싶은 노래 • [국어 4학년 1학기] 사전은 내 친구 • [국어 6학년 2학기] 효과적인 관용 표현
	2	꾀와 거짓말	창의적 사고	꾀, 문제해결력	삼국사기	• [국어 1학년 2학기] 겪은 일을 글로 써요 • [사회 5학년 2학기] 나라의 등장과 발전 • [국어 5학년 2학기] 중요한 내용을 요약해요
	3	바보 마을 고담	창의적 사고	창의적 발상, 유머	영국 옛이야기	• [국어 3학년 1학기] 일이 일어난 까닭 • [국어 4학년 1학기] 인물의 마음을 알아봐요 • [국어 4학년 2학기] 독서 감상문을 써요
	4	크리스마스 선물	심미적 감성	희생, 배려	오 헨리 작품	• [국어 1학년 2학기] 인물의 말과 행동을 상상해요 • [국어 5학년 1학기] 주인공이 되어 • [국어 6학년 2학기] 정보와 표현을 판단해요

차례

보여줌

가리사니 회의에 초대합니다

나는 이야기나라의 가라사대왕이에요.
제3차 가리사니 화상 회의가 시작됩니다.
가라사니 친구들이 다 모여 이야기꽃을
피우는 자리예요. 처음이라고요? 쑥스럽다고요?
괜찮아요, 우리는 원래
친구 사이인걸요.

회의 참가

이야기나라 제3차 가리사니 화상 회의를 시작하겠어요. 음, 처음 온 친구들도 있네요. 앞으로 함께 할 가리사니 친구들이니까 모두들 박수로 환영해 주세요.

SUBSCRIBE

가라사대왕님, 이번에는 어떤 사건인가요? 빨리 알려 주세요.

　　↳　궁금해서 현기증 나요.

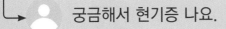
어, 나만 그런가? 지난번 사건은 정말 애먹었어. 골치 아팠다고!

　　↳　나도 나도. 그래도 재미있었어.

와, 가라사대왕님은 나이를 안 드시나 봐요! 작년하고 똑같아요!

　　↳　옷도 똑같은 건 안 비밀….

야, 너 수현이지? ○○초! 너도 가리사니였어? 깜놀!!!!!!

2장 꾀와 거짓말

1장 똥강아지 꿀강아지

이야기나라

14

내가 다스리는 이야기나라는 재미있고 별난 일이 많은 곳이에요. 온갖 동물과 식물, 하늘, 땅, 바다, 심지어는 귀신과 도깨비도 어울려 살아가는 곳이니까요. 하지만 말썽도 많고 따따부따 다툼도 많아요. 별난 물건, 엉뚱한 짐승, 남다른 이들이 모여 사니 그럴 수밖에요.

늘 그렇지만 문제가 생기면 모두들 나를 찾는답니다. 이게 무엇인지, 어떤 게 옳은지, 어느 게 진짜인지 가려 달라고 말이에요. 하지만 나 혼자서는 벅차고 힘들어요. 까다롭고 성가신 문제가 얼마나 많은데요! 그래서 우리 친구들에게 가리사니가 되어 달라고 부탁한 거예요. 가리사니는 여기 이야기나라에서 벌어지는 문제들을 해결해 주는 이야기나라의 관리 같은 거예요. 여러분도 가리사니가 되어서 나를 도와주었으면 해요. 가리사니라는 말은 사물을 판단하는 힘이나 능력을 뜻하는 순우리말에서 따왔어요. 벌써 많은 가리사니들이 이야기나라의 문제를 해결하면서 수많은 보고서를 보내주고 있어요.

어렵지 않냐고요?

걱정하지 마세요. 뿌토가 여러분을 도와줄 거예요.

가리사니 보고서

안녕, 내가 바로 뿌토야.

부엉이처럼 큰 눈에, 토끼같이 귀가 크지? 그래서 처음에 이름이 '부토'였는데, 친구들이 장난스럽게 부르다 보니 **뿌토**가 되었어. 나는 눈과 귀가 커서 그런지 눈썰미도 좋고 잘 들어서 아는 것도 엄청 많아. 내가 가리사니들이 무엇을 따져 봐야 할지 콕콕 짚어 줄게.

가리사니가 되면 요지경과 요지카를 선물로 받을 수 있어. 재미있겠지? 그러니까 나만 믿고 잘 따라와!

요지경은
앞으로 만나게 될 이야기를
그림으로 먼저 보여 주는
요술 거울 같은 거야.

요지카는
중요한 낱말을 익히는 데
도움을 주는 요술 낱말
카드 같은 거야.

요지경

요지카

1장

똥강아지 꿀강아지

시골에서 벌을 치는 아저씨와 함께 사는 똥강아지가 실망스러운 일이 있었나 봐. 무슨 일인지 들어 보고 어떡하면 좋을지 말해 줘.

두 이웃에게 있었던 일이야. **뭐라고 답하면 좋을지 동그라미 치고,**
세 가지 답변이 무엇에 속하는지 사다리를 타고 내려가 봐.

복수
남이 해를 준 대로
그에게 해를 줌.

정의
기본 원칙에 맞는
옳고 바른 도리.

사랑
아끼고 소중히 여기며
정성을 다하는 마음씨.

 먼저, 활동지에 있는 요지경을 직접 만들어 보자. 활동지 1~4쪽

 요지경에 있는 그림을 요리조리 살펴보자.

짐작되지 않거나
궁금한 그림에는 동그라미!

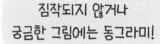

이야기를 읽으면서 중요한 낱말은 요지카로 익혀 보자.
초성으로 제시된 낱말을 찾아 색칠해 봐. 활동지 17쪽

똥강아지 이야기

아휴, 아직도 똥구멍이 쓰라려! 열흘 동안 꿀만 먹고 꿀똥을 좍좍 쌌거든. 어쩐지 웬일로 주인아저씨가 귀한 꿀을 주더라니. 엉큼한 속셈이 있었던 거야. 으… 이젠 정말 꿀이라면 냄새도 맡기 싫다니까!

하지만 그보다 더 싫은 게 있어. 바로 욕심꾸러기, 거짓말쟁이 사람들이야. 진짜 왜들 그러는지 모르겠어. 세상에 꿀똥 싸는 강아지가 어디 있다고! 속고 속이면서 좋아하는 꼴이라니, 정말 눈 뜨고 볼 수 없을 지경이야!

● ㅆㄹㄹㄷ(ㅆㄹㄹ) : 상처가 쓰리고 아리다.

저기 벌치기하는 아저씨 보이지? 저 사람이 바로 주인아저씨야. 보름 전쯤에 아저씨는 양식을 구하러 도시에 사는 먼 친척 조카를 찾아갔어. 올해도 작년처럼 농사가 안되어서 먹을 양식이 떨어졌거든!

도시에 사는 조카는 부자야. 귀한 것이라면 뭐든 사들였다가 비싸게 되팔아서 돈을 모았다고 하더라고. 그래서 아저씨는 따로 모아 놓은 꿀을 가지고 양식과 맞바꾸려고 찾아간 거지. 그 꿀은 말이야, 석청이라고 하는 건데 바위틈에 집을 짓고 사는 석벌들이 모은 거야. 귀한 것이라서 아주 비싸지. 조카를 만난 아저씨는 꿀 한 단지를 내놓고는 쌀로 바꿔 달라고 했어.

⦿ ㅁㅂㄲㄷ(ㅁㅂㄲㄹㄱ) : 무엇을 다른 것과 서로 바꾸다.

그냥 제값을 쳐서 양식을 내주었으면 좋았을 텐데, 꿀을 본 조카가 그만 엉큼한 욕심이 생겼지 뭐야. 시골뜨기 아저씨가 내놓은 꿀을 헐값에 꿀꺽해야겠다는 마음을 먹은 거지.

조카는 능청을 떨며 거짓말했어.

"아저씨가 시골에 계시다 보니 요즘 나라에서 꿀을 못 팔게 하는 걸 모르셨나 봐요."

주인아저씨는 처음 듣는 소리에 어안이 벙벙했지. 조카는 그런 아저씨에게 고작 보리쌀 한 자루를 내주면서 말했어.

"다른 데 내다 팔러 갔다가는 큰일 나니 저한테 얼른 넘기고 돌아가세요."

겁을 먹은 주인아저씨는 꿀단지를 허둥지둥 조카에게 넘겨주고 집으로 발길을 돌렸어.

● ㅎㄱ : 제값보다 훨씬 싼값.

24

따져보기1

이야기를 따져 보면서 물음에 답을 찾아봐.

 1 아저씨에 대한 내용으로 알맞은 것을 골라 동그라미 쳐 보세요.

- 아저씨는 양식을 구하러 도시에 사는 조카를 찾아갔다.

- 아저씨는 꿀단지를 쌀 한 자루와 맞바꾸었다.

- 아저씨는 벌치기로 돈을 많이 벌어서 부자다.

 2 조카는 어떤 사람인 거 같나요? 다음에서 알 수 있는 조카의 특징을 써 보세요.

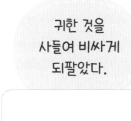

귀한 것을
사들여 비싸게
되팔았다.

꿀을 헐값에
꿀꺽하려고
마음먹었다.

능청을 떨며
거짓말했다.

 3 조카는 왜 나라에서 꿀을 못 팔게 한다는 거짓말을 했을까요? 이유를 써 보세요.

 4 조카의 말을 듣고 겁을 먹은 아저씨는 뭐라고 말했을까요? 말풍선에 써 보세요.

다른 데 내다
팔러 갔다가는
큰일 나요.

그런데 돌아오는 길에 시장에 있는 떡집 앞을 지나다가 그곳에서 꿀떡을 팔고 있는 걸 본 거야. 꿀을 팔지 못하게 한다는데 꿀이 어디서 나서 꿀떡을 만들어 팔까? 이상하게 생각한 아저씨가 떡집 주인에게 물어보았어.

"아니, 이 사람이 멀쩡하게 생겨서 무슨 바보 같은 소리야?"

주인아저씨는 떡집 주인에게 괜히 핀잔만 들었지. 게다가 아저씨의 귀한 꿀이라면 쌀 두 가마니는 받을 수 있다는 것도 알게 되었어.

쯧쯧, 딱한 우리 아저씨, 그제야 조카에게 속았다는 것을 깨달았지. 아저씨는 억울하고 화가 나서 앙갚음을 하기로 마음먹었어. 아저씨는 시골로 돌아와서 곧장 편지를 썼어.

● ㅇㄱㅇ : 어떠한 해를 입은 것에 대해 복수하기 위해 상대편에게 그만큼의 해를 입히는 것.

26

지난번에는 정신이 없어서 고맙다는 말도 제대로 하지 못했구나.

내 꿀을 보리쌀 한 자루에 사 주어서 정말 고마웠다.

그래서 너에게만 살짝 비밀을 얘기해 주려고 한다.

그 꿀은 말이다, 실은 우리 집 꿀똥을 싸는 강아지에게서 얻은 것이란다.

솔직하게 강아지가 싼 것이라고 하면 꺼림칙하게 생각할까 봐 말하지 못

했지만, 나한테는 꿀을 싸는 강아지가 있단다.

너에게 판 꿀은 묵은 것이지만, 우리 꿀강아지가 막 싼 것은 열 배나 더 맛

나단다.

언제 시골에 내려오면 한번 대접하마.

* ㅁㄷ(ㅁㅇ) : 일정한 때를 지나서 오래된 상태가 되다.

아저씨는 그날부터 나에게 꿀을 먹였어. 나야 뭐, 이틀쯤은 맛나게 먹었는데 아무리 꿀맛이라도 닷새쯤 먹으니까 도저히 못 먹겠더라고. 그래도 아저씨가 계속 먹여서 꾸역꾸역 받아먹었지. 그렇게 꿀만 먹으니까 글쎄 똥을 싸도 그냥 꿀이 그대로 나오더라고, 좍좍!

아저씨가 편지를 보낸 지 열흘이 되는 날에 도시 조카가 내려왔어. 조카는 아저씨 말을 참말로 믿었어. 아저씨가 순진하니까 거짓말도 못할 줄 알았던 거지. 아저씨는 꿀을 싸대는 나를 보여 주었어. 조카는 이게 웬 떡, 아니 웬 꿀이냐 싶었어.

조카는 탐이 나서 덥석 나를 사겠다고 했어. 되팔면 큰돈이 되겠다 싶었으니까. 아저씨는 안 된다고 능청을 떨었지. 이 꿀강아지 덕에 식구가 간신히 먹고 산다고 말이야. 조카는 안달이 나서 자꾸 값을 올렸어. 쌀 열 가마니 값을 부르니까 아저씨는 못 이기는 체하고 나를 넘겨주더라고. 음, 아저씨가 그렇게 능글맞은 줄은 그때 처음 알았다니까.

● ㄷㅅ : 갑자기 달려들어 한 번에 꽉 잡은 모양.
● ㄴㅊ : 속으로 엉큼한 마음을 숨기고 천연스럽게 행동함.
● ㄴㄱㅁㄷ(ㄴㄱㅁㅇ) : 태도가 음흉하고 능청스러운 데가 있다.

이야기를 따져 보면서 물음에 답을 찾아봐.

창의 1 아저씨가 꿀떡을 보고 속은 걸 알았을 때의 기분으로 알맞은 것을 모두 골라 동그라미 치고, 표정을 그려 보세요.

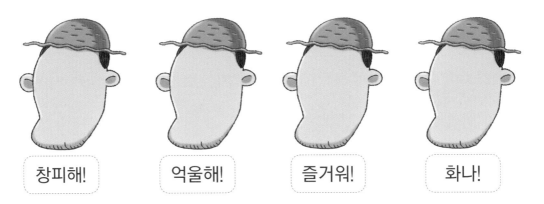

창피해! 억울해! 즐거워! 화나!

논리 2 아저씨가 조카에게 편지를 쓴 이유는 무엇인지 번호를 써 보세요. (   )

1 조카에게 꿀강아지를 자랑하고 싶었다.

2 조카에게 앙갚음을 하고 싶었다.

3 조카가 자신의 잘못을 스스로 깨닫게 하고 싶었다.

비판 3 꿀을 헐값에 산 조카와 꿀강아지가 있다고 말한 아저씨 중에서 누가 더 잘못했다고 생각하나요? 자신의 생각에 동그라미 치고, 이유를 써 보세요.

나는 (아저씨 , 조카)가 더 잘못했다고 생각한다. 왜냐하면

_____

추론 4 아저씨와 조카의 대화를 듣는 강아지의 속마음은 어땠을까요? 말풍선에 써 보세요.

아저씨! 제가 쌀 두 가마니 값을 드릴게요.

글쎄다… 우리 집 보물이라서 말이야.

들통나지 않았냐고? 어떻게 들통나지 않겠어? 사흘만에 들통났지! 내가 도시로 간 첫날은 그동안 꿀만 먹고 싸대느라 기운이 빠져 똥도 못 쌌어. 둘째 날부터 조카가 주는 음식을 먹고 똥을 조금 쌌지. 조카는 내가 싼 것을 손가락으로 콕 찍어 맛보더라고. 맛이 있었겠어, 구리기만 했지! 꿀맛은 무슨, 개똥 맛이었겠지. 하지만 조카는 갸웃하기만 하고 더 지켜보기로 하더라고. 사흘째 되던 날은 내가 좀 큼지막한 똥을 쌌는데… 이번에는 떡에다 찍어 먹더라고, 나 참!

어떻게 되기는…! 조카는 속은 걸 알고는 그길로 나를 데리고 시골 우리 집으로 달려갔지. 아저씨를 보자마자 막 소리를 지르면서 펄펄 뛰더군. 어떻게 이럴 수가 있냐, 꿀똥은커녕 구린 개똥만 싼다고 하면서 말이야. 아저씨가 뭐라고 한 줄 알아?

● ㄷㅌ : 감추어 두었던 일이 모두 드러나는 것.

30

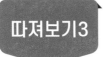

따져보기3

이야기를 따져 보면서 물음에 답을 찾아봐.

 사실

1 사흘은 며칠을 말하는 걸까요? 수로 써 보세요.

하루	이틀	사흘	나흘	닷새	엿새	이레	여드레	아흐레	열흘
↓	↓	↓	↓	↓	↓	↓	↓	↓	↓
1일	2일	( )일	4일	5일	6일	7일	8일	9일	10일

 창의

2 강아지가 싼 똥을 맛본 조카는 어떤 기분이었을까요? 날짜에 따라 변하는 똥을 그리고 조카의 마음도 써 보세요.

1일째	2일째	3일째

 논리

3 아저씨와 조카와 강아지에게 어울리는 말을 찾아 줄로 이어 보세요.

욕심이 사람
죽인다!

고래 싸움에 새우
등 터지는 꼴이군!

눈에는 눈
이에는 이!

"저런, 꿀강아지는 여기 시골처럼 조금 추운 곳에서 살아야 하는데, 도시처럼 날씨가 따뜻한 곳에서는 그냥 똥강아지로 변하기 십상이야. 그래서 아주 조심해야 돼. 한번 똥강아지가 되면 다시는 되돌릴 수 없는데, 이를 어쩌나!"

이렇게 둘러대는 거야. 조카가 그걸 왜 이제 얘기하느냐고 따지니까 아저씨가 말했어.

"알려 주려고 네 집을 찾아갔었지. 근데 시장을 지나다가 떡집에서 꿀떡을 파는 게 보이잖니? 배가 고파서 네가 준 보리쌀 조금과 바꿔 먹었지. 아, 그런데 꿀떡이 어찌나 꿀맛인지, 네게 가는 것도 꿀꺽해 버렸지 뭐냐."

조카는 뜨끔했어. 얼굴만 붉으락푸르락하고는 아무 말도 못하더라고. 정말 웃긴다고? 나는 씁쓸하기만 한데? 서로 속이고는 좋아하는 사람들이 너무 꼴불견이라서. 이들하고 계속 같이 살아야 할까?

● ㅅㅅ : 그러할 가능성이 아주 높은 것.

32

이야기를 따져 보면서 물음에 답을 찾아봐.

 사실 **1** 다음 아저씨의 말이 사실인지 거짓인지 동그라미 쳐 보세요.

우리 집 강아지는 꿀똥을 싸는 꿀강아지야.　　　　사실　　거짓

시장에 있는 떡집에서 꿀떡을 파는 것을 보았어.　　　사실　　거짓

날씨가 따뜻하면 꿀강아지가 똥강아지로 변한단다.　　사실　　거짓

추론 **2** 아저씨와 조카를 보는 강아지는 왜 씁쓸한 기분이 들었을까요? 이유를 써 보세요.

_____

논리 **3** 조카는 아저씨가 시장에서 꿀떡을 사 먹었다는 이야기를 듣고 뜨끔했어요. 조카의 마음을 잘 표현한 속담을 찾아 동그라미 쳐 보세요.

• 방귀 뀐 놈이 성 낸다. ⬜

• 낮말은 새가 듣고 밤말은 쥐가 듣는다. ⬜

• 도둑이 제 발 저린다. ⬜

비판 **4** 아저씨가 조카에게 앙갚음한 행동을 어떻게 생각하나요? 자신의 생각에 동 그라미 치고 이유를 써 보세요.

아저씨가 앙갚음한 행동은 (옳다 , 옳지 않다). 왜냐하면 _____

_____

연관 검색어

꿀강아지를 인터넷에서 검색했더니 함께 뜨는 연관 검색어가 줄줄이 나오네. **보기를 참고해서 연관 검색어를 써 봐.**

꿀강아지를 검색하면
뭐가 나올까?

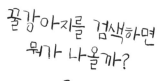

보기 아저씨와 조카, 석청, 보리쌀 한 자루, 똥꼬, 꿀떡, 쌀 두 가마니, 똥강아지, 꿀똥, 서울, 날씨, 시장, 떡집, 양식, 십상

\# 꿀강아지

34

강아지가 지켜보았던 일을 SNS에 올리려고 해. **많은 이들이 쉽게 찾아볼 수 있도록 사진 내용을 설명하는 글을 써 봐.**

👤 시소 ❶

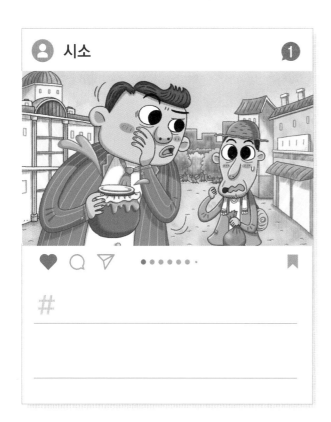

❤ ○ ▷ • • • • • • 🔖

#
_____

_____

👤 시소 ❷

❤ ○ ▷ • • • • • • 🔖

#
_____

_____

👤 시소 ❸

❤ ○ ▷ • • • • • • 🔖

#
_____

_____

👤 시소 ❹

❤ ○ ▷ • • • • • • 🔖

#
_____

_____

꿀똥보증서

아저씨는 조카에게 꿀강아지를 팔면서 꿀똥품질보증서를 내밀었대.
보증서에 어떤 내용이 들어가면 좋을지 생각해서 써 봐.

꿀똥품질보증서

NO. 31636775

이 꿀똥은 꿀강아지가 싼 100% 순수 꿀똥임을 보증합니다.

꿀똥 품질 등급 : _____

싼 날짜 : _____

싸기 전 먹은 것 : _____

냄새 : _____   색깔 : _____

무게 : _____   맛 : _____

가격 : _____

서명(사인)   꿀강아지

되팔기

조카는 꿀강아지를 되팔기 위해 광고까지 만들어 놓았대. 물론 팔지 못했지만. **광고지에 어떤 내용이 들어갔을지 생각해 보고 글과 그림으로 표현해 봐.**

이름 : _____

가격 : _____

판매자 : _____

화가 난 조카는 아저씨를 경찰에 고발했어. 경찰이 조카를 불러다가 피해자 진술을 시켰는데, 조카는 어떤 말을 했을까? **진술 조서의 내용을 써 봐.**

진 술 조 서

이름	000	주민등록번호	000000-0000000
거주지	00시	직업	돈 되는 건 뭐든지

위 사람은 꿀강아지 사건에 관하여 0000년 00월 00일에 출석하여 사법경찰은 000을 상대로 다음과 같이 문답을 하였다.

어쩌고 저쩌고

문 : _____ 와/과는 어떤 관계입니까?

답 : _____

문 : 사건 당일 _____ 집에는 왜 갔었나요?

답 : _____

문 : _____

답 : _____

_____

문 : _____

답 : _____

짚어보기4 무슨 죄가

경찰이 아저씨뿐만 아니라 조카와 강아지에게도 죄가 있다고 여겨, 이들 모두를 조사했어. **경찰이 찾아낸 이들의 죄는 무엇인지 쓰고, 적당한 벌을 내려 봐.**

이 사람의 죄는

죄에 해당하는 벌은

이 사람의 죄는

죄에 해당하는 벌은

이 동물의 죄는

죄에 해당하는 벌은

조카와 아저씨는 무엇을 잃고 무엇을 얻었을까? **이들이 잃은 것과 얻은 것을 쓰고, 누가 더 손해를 보았는지 동그라미 쳐 봐.**

	도시 조카	시골 아저씨
얻은 것	꿀 한 단지	
		쌀 열 가마니
잃은 것	보리쌀 한 자루	
		똥강아지
		조카

누가 더 손해를…

보고하기 시 쓰기

강아지는 속고 속이는 사람들이 너무 꼴불견이어서 같이 살고 싶지 않나
봐. **강아지의 입장이 되어서 마음이 잘 드러나도록 시를 써 봐.**

겪은 일을 시로 표현하려면

1 기억에 남는 일을 떠올려요.
2 떠올린 기억을 정리해요.
3 정리한 내용을 시로 표현해요.

누구를 만났지?	어떤 일이 있었지?	무슨 생각(느낌)이 들었지?
누구와	**어떤 일**	**생각, 느낌**

꿀~꿀~ 꿀을 먹었네

또 또 또 먹었네

계속 먹었네

꾸르륵~ 꿀똥이 나오네

쳇, 나보고 꿀강아지라고?

기가 막혀서

꿀먹은 벙어리가 아니 강아지가

되었지

똥강아지 뒤풀이

똥강아지가 낱말 퀴즈 뒤풀이를 열었어. 낱말 퀴즈를 풀어서 가리사니 힘을 다져 보자고. **요지카를 보면서 문제를 풀어 봐.**

1 다음 문장에 공통으로 들어갈 수 있는 낱말을 요지카에서 찾아 써 보세요.

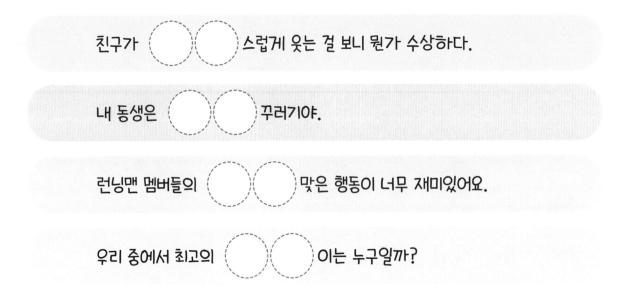

친구가 ◯◯스럽게 웃는 걸 보니 뭔가 수상하다.

내 동생은 ◯◯꾸러기야.

런닝맨 멤버들의 ◯◯맞은 행동이 너무 재미있어요.

우리 중에서 최고의 ◯◯이는 누구일까?

2 이야기에서 나온 낱말로 수수께끼를 만들었어요. 빈칸에 들어갈 낱말을 요지카에서 찾아 써 보세요.

꾼 것을 갚지 않는 것은 안 갚음이고
내가 커서 어버이 은혜를 갚는 것은 안갚음이고
남이 내 꿀떡을 먹으면
나도 남의 꿀떡을 먹어 버리는 것은

물건의 가치에 맞는 값은 제값이고
제값의 절반은 반값이고
너무 싸서 헐, 입이 딱 벌어지는 값은 무슨 값?

3 보기에 나오는 낱말의 기본형을 쓰고 문장에 들어갈 알맞은 낱말을 써 보세요. 기본형은 낱말의 기본이 되는 형태를 말해요.

보기 쓰라려도 ｜ 쓰라려서   기본형 [　　　　]

⇨ 종이에 베인 손가락이 [　][　][　][　] 너무 아파요.

⇨ 눈이 [　][　][　][　] 비비면 안 돼요.

보기 능글맞게 ｜ 능글맞은   기본형 [　　　　]

⇨ 그렇게 [　][　][　][　] 웃는 모습이 제일 얄미워.

⇨ 네 [　][　][　][　] 태도가 엄마를 더 화나게 했어.

보기 묵은 ｜ 묵어서   기본형 [　　　　]

⇨ 김치가 너무 [　][　][　] 맛이 없다.

⇨ 일이 아주 쉬울 때는 [　][　] 낙지 꿰듯 한다고 해.

4 똥강아지 이야기를 흥얼흥얼 노래로 만들어 불렀어요. 빈칸에 들어갈 알맞은 글자를 써 보세요.

똥강아지 똥 싸기 [　] 상

똥강아지 꿀똥 싸면 이상

꿀강아지 꿀똥 싸면 정상

꿀강아지 밨을 때는 [　] 석

똥강아지 개똥 쌀 때는 이 녀석

잔꾀가 들통났을 때는 가시방석

2장
꾀와 거짓말

김춘추가 죽을 고비를 넘기고 살아 돌아왔는데 이를 두고 거짓말이니 좋은 꾀니 말이 많나 봐. 김춘추의 이야기를 듣고 무엇이 맞는지 말해 줘.

영국에서는 세계 제일의 거짓말쟁이를 뽑는 대회가 열린대.
다음 기사를 보고 물음에 답해 봐.

○○월 ○○일 ○요일 | 시소 신문

영국의 샌턴브리지에서는 매년 11월 **거짓말 대회**가 열립니다. 역사가 200년이나 되는 대회로 참가한 사람은 각자 준비한 거짓말을 5분간 늘어놓습니다. 가장 높은 점수를 얻은 사람이 '올해의 거짓말쟁이' 로 뽑힙니다.

누구나 참여할 수 있지만, 딱 두 종류의 사람만은 안 된다고 합니다. 이 두 종류의 사람들은 이미 거짓말하는 데 도가 튼 사람들이라서 다른 이들의 상대가 안 되기 때문입니다.

"저는요, 태어나서 한 번도 거짓말한 적이 없걸랑요!"

진짜진짜 뉴스

기사에 나온 거짓말 대회에 참여할 수 없는 두 종류의 사람은 누구일까? 동그라미 쳐 봐.

 교육자   변호사   성직자   예술가   정치인

두 번째 요지경

가라사대왕이 이야기나라의 보물, 요지경을 선물로 주었어.
요지경을 보면서 무슨 일이 벌어졌는지 짐작해 보자.

 먼저, 활동지에 있는 요지경을 직접 만들어 보자. 활동지 5~8쪽

 요지경에 있는 그림을 요리조리 살펴보자.

짐작되지 않거나
궁금한 그림에는 동그라미!

김춘추 이야기

그래요, 제가 나라를 대표하는 사신으로서 거짓말을 한 건 맞아요. 또 해를 두고 한 맹세를 어긴 것도 맞고요. 연개소문이 저를 두고 약속을 헌신짝 버리듯이 팽개치는 신라 놈이라며 뭐라고 하는데요. 아니, 그럼 가만히 앉아서 죽어야 하나요? 그들도 거짓말을 밥 먹듯 하는데 말이지요.

저는 신라의 김춘추예요. 이번에 사신 자격으로 고구려에 다녀왔는데요, 하마터면 연개소문에게 잡혀 꼼짝없이 죽을 뻔했어요. 선도해가 꾀를 일러 주어서 간신히 돌아올 수 있었지만요.

● ㅇㄱㄷ(ㅇㄱ) : 지키지 아니하다.
● ㅎㅅㅉ : 값어치가 없어 버려도 아깝지 않은 것을 비유적으로 이르는 말.
● ㅍㄱㅊㄷ(ㅍㄱㅊㄴ) : 물건 따위를 내던지거나 일을 그만두다.

　고구려에는 백제 때문에 갔어요. 백제가 우리 신라의 대야성을 공격해서 빼앗아 갔거든요. 그 성을 지키던 성주가 제 사위인데 백제 군사들에게 죽고 말았어요. 제 딸과 함께요.

　그런데 아이고, 복수는커녕 성을 되찾아 올 힘조차 신라에는 없었어요. 고구려와 백제 그리고 우리 신라, 이렇게 이웃한 세 나라는 오랫동안 싸우고 있었는데요. 우리 신라가 그중 제일 힘이 약했거든요. 그래서 고구려와 힘을 합치려고 목숨을 걸고 고구려 왕을 만난 거예요. 적의 적은 동지라는 말도 있잖아요. 고구려도 백제를 치고 싶어 하니까 우리와 힘을 합치자고 하면 좋아할 거라고 생각했어요. 아니나 다를까 고구려 보장왕은 기뻐하며 맞이하더라고요.

그런데 연개소문은 생각이 달랐나 봐요. 연개소문은 대막리지 자리에 오른 고구려의 신하예요. 대막리지는 왕 다음가는 높은 자리예요. 아니지, 왕보다 더 높다고 해야 하나? 연개소문은 겉만 신하지 실은 왕 노릇을 하는 장군이었거든요. 보장왕도 연개소문이 제 마음대로 세운 허수아비 왕이었으니까요. 연개소문은 제가 나중에 고구려에 큰 걱정거리가 될 거라고 생각했나 봐요. 그래서 이참에 저를 없애 버리려는 거 같았어요.

하지만 신라의 사신으로 온 저를 대놓고 죽일 수는 없으니까 괜히 트집을 잡더라고요. 신라가 차지하고 있던 '대재'를 내놓으라고 하더군요. 대재는 고구려와 신라의 경계가 되는 높은 고개인데요. 고구려로 올 때 지나온 곳이기도 해요. 그곳이 원래 고구려 땅이라고 하면서 돌려주겠다고 약속하지 않으면 돌아갈 수 없다고 생떼를 부리더라고요.

● ㅅㄸ : 억지로 쓰는 떼.

사실 1 김춘추가 고구려로 간 이유는 무엇인가요? 알맞은 설명에 동그라미 쳐 보세요.

- 신라를 대표하는 사신으로서 거짓말을 하러 갔다. ⬜
- 백제에 복수하기 위해 고구려의 힘을 빌리러 갔다. ⬜
- 대재가 신라의 땅임을 알려 주려고 갔다. ⬜

사실 2 표현하는 내용과 어울리는 낱말을 찾아 선을 그어 보세요.

왕 다음가는 높은 자리 ◉	◉ 보장왕
왕 노릇을 하는 장군 ◉	◉ 대막리지
허수아비 왕 ◉	◉ 연개소문

논리 3 연개소문과 보장왕의 생각은 어떻게 달랐나요? 빈칸에 알맞은 낱말을 쓰고 동의하는 의견에 V표 해 보세요.

⬜ **보장왕** : 적의 적은 _____ (이)니까 힘을 합쳐야겠다.

⬜ **연개소문 :** 고구려에 큰 _____ 없애야겠다. _____ 이/가 될 거니까

창의 4 생떼를 부린 경험을 이야기해 보고, 왜 그 행동이 생떼라고 생각하는지 써 보세요.

🖊

이런, 혹 떼러 갔다 혹 붙여 온다고. 고구려의 도움을 받으려고 했다가 도리어 큰 문제를 떠안게 되었어요. 저는 신하일 뿐이라서 나라의 땅을 마음대로 할 수 없다고 했지요. 그랬더니 사신이 묵는 곳에서 한 발짝도 못 나오게 가두어 버리더라고요.

이대로 있다가는 죽고 말겠다 싶었어요. 안되겠다 싶어서 보장왕의 신하 선도해를 불러들였어요. 잔치를 열고 베 삼백 필을 선물로 주면서 제 사정을 털어놓았어요. 선도해는 보장왕이 아끼는 신하였는데 연개소문을 싫어했어요. 보장왕은 신라와 손을 잡고 싶어 하니 선도해가 보장왕을 위해서 내가 살길을 일러 줄 거라고 믿었지요.

잔치가 무르익을 무렵이었어요. 선도해가 우스갯소리라면서 슬쩍 이야기 하나를 들려주었어요.

● ㅇㅅㄱㅅㄹ : 남을 웃기려고 하는 말.

이야기를 따져 보면서 물음에 답을 찾아봐.

 1 대재를 내놓으라는 연개소문의 요구가 생떼라고 생각하나요? 자신의 생각에 동그라미 치고, 이유를 써 보세요.

연개소문의 요구를 생떼라고 (생각한다 , 생각하지 않는다). 왜냐하면

_____

_____

 2 혹 떼러 갔다가 혹 붙여 온 경험이 있나요? 어떤 경우였는지 그림으로 그려 보세요.

숙제하기 싫어서 배가 아프다고 했더니, 엄마가 아프니까 푹 쉬라며 내일 열리는 친구 생일 파티에도 가지 말래요.

 3 베 삼백 필을 선물 받은 선도해의 행동을 어떻게 생각하나요? 자신의 생각에 동그라미 치고, 이유를 써 보세요.

선도해의 행동은 (옳다 , 옳지 않다). 왜냐하면

_____

_____

 4 선도해는 왜 김춘추가 여는 잔치에 갔을까요? 이유를 생각해서 써 보세요.

_____

옛날 옛적에 말이지요. 저 동해 용왕의 딸이 심장병을 앓았답니다. 약이란 약은 다 써도 소용이 없었는데, 용궁의 용한 의원이 토끼의 간으로 약을 지어 먹으면 나을 수 있다고 했대요. 하지만 바닷속에는 토끼도 없고, 바닷속 짐승이 육지로 나갈 수도 없으니 토끼의 간을 구할 방법이 없었던 거예요.

그런데 이때 거북이가 나섰답니다. 자기는 바다와 육지를 마음대로 나다닐 수 있으니 자신이 토끼 간을 구해 오겠다고요.

거북이는 육지로 나와서 토끼를 찾았답니다. 그러고는 사실대로 말하면 토끼가 도망갈까 봐 듣기 좋은 말로 꼬드겼지요. 바다 가운데 섬이 하나 있는데 기가 막히게 좋다고요. 맑은 샘물이 흐르고, 흰 돌이 무수히 많고, 숲에는 온갖 나무가 무성하고 맛난 열매가 있으며 추위와 더위도 없는 곳이라고요. 매가 침입하지 못하는 곳이어서 토끼가 가기만 하면 천국처럼 아무 근심 없이 행복하게 살 수 있을 것이라고 했지요.

거북이에게 꼴딱 넘어간 토끼는 거북이 등에 업혀 바다로 나아갔다나요.

토끼를 업은 거북이는 얼마쯤 헤엄쳐 가다가 이제는 되었다 싶었는지 토끼에게 말했다지요. 용왕의 딸이 병들었는데 네 간을 약에 쓰려고 너를 업어 가는 것이라고요! 아차, 토끼는 놀랐지만 곧 능청을 떨며 거짓말을 했답니다.

◉ ㅁㅅㅎㄷ(ㅁㅅㅎㄱ) : 나무나 풀이 우거지다.
◉ ㅇㅊ : 무엇이 잘못된 것을 깨달았을 때 하는 말.

따져보기3

이야기를 따져 보면서 물음에 답을 찾아봐.

추론 **1** 왜 선도해는 김춘추에게 우스갯소리를 들려주었을까요? 알맞은 생각을 찾아 번호를 써 보세요. (　　　)

　1　김춘추가 갇혀 있으니까 기분을 풀어 주려고 들려주었다.

　2　베를 선물로 받아서 고마운 마음에 들려주었다.

　3　재미있는 이야기가 생각나서 들려주었다.

　4　김춘추에게 살길을 알려 주려고 들려주었다.

논리 **2** 선도해의 이야기에서 토끼는 왜 거북이를 따라 바다로 갔을까요? 다음 문장에 알맞은 낱말을 넣어 이유를 써 보세요.

• 거북이가 듣기 좋은 (　　　　　)(으)로 꼬드겨서 넘어갔다.

• 바다 가운데 있다는 (　　　　　)에서 아무 근심 없이 살고 싶었다.

사실 **3** 왜 거북이는 토끼에게 솔직하게 말하지 않고 좋은 말로 꼬드겼을까요? 거북이 입장이 되어서 말풍선에 써 보세요.

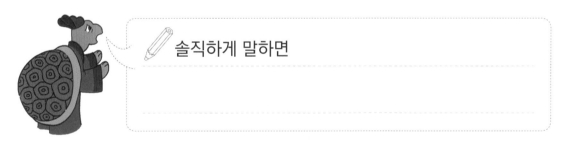

솔직하게 말하면

비판 **4** 토끼를 꼬드긴 거북이의 행동을 어떻게 생각하나요? 자신의 의견에 동그라미 치고 이유를 써 보세요.

거북이의 행동은 (　옳다　,　옳지 않다　). 왜냐하면

"나는 본래 땅 신령의 자손이라서 내장을 꺼냈다 넣었다 할 수 있거든. 속상한 일이 있으면 간을 꺼내어 볕에 말렸다가 다시 집어넣고는 하지. 그런데 하필 얼마 전에 속상한 일이 있었지 뭐야! 그래서 간을 꺼내 바위 위에다 넣어 두었잖겠어? 네 말을 듣고는 신이 나서 오는 바람에 깜빡 잊었네. 쯧쯧! 후딱 간을 다시 가져와야 하지 않을까? 나야 뭐, 간이 없어도 살 수 있지만 너는 애써 한 일이 허탕이 될 텐데 ….."

거북이는 별다른 도리가 없어 토끼 말을 믿고 다시 뭍으로 돌아왔지요. 뭍에 닿자마자 토끼는 숲으로 내달리며 거북이에게 한마디 했답니다.

"이 멍청한 놈아, 어떻게 간 없이 사는 짐승이 있냐?"

거북이는 아무 말도 못하고 물러갔다나요. 하하하!

● ㅎㅌ : 시도한 일이 아무 소득이 없이 일을 끝냄.

이야기를 따져 보면서 물음에 답을 찾아봐.

 1 간을 바위 위에 두고 왔다고 말하는 토끼의 마음은 어땠을까요? 알맞게 표현할 수 있는 낱말을 찾아 스티커를 붙여 보세요.

토끼의 마음은 　스티커　 했습니다.

조마조마　　싱숭생숭　　알쏭달쏭

 2 거북이와 토끼는 둘 다 거짓말을 했어요. 누가 더 나쁘다고 생각하나요? 나쁘다고 생각하는 만큼 색칠하고, 그렇게 생각한 이유를 말해 보세요.

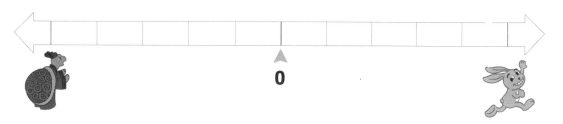

0

 3 선도해가 들려준 이야기의 제목을 지어 볼까요? 어울리는 제목을 쓰고 왜 이런 제목을 붙였는지 말해 보세요.

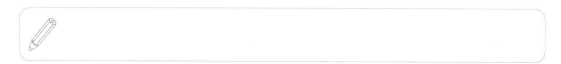

 4 선도해의 이야기를 들은 김춘추는 무슨 생각을 했을까요? 빈칸에 알맞은 낱말을 써서 김춘추의 생각을 완성해 보세요.

오호라, 죽을 위기에 처한 (　　　)이/가 마치 나와

같구나. 그렇다면 나도 (　　　)처럼 (　　　)을/를

해서 살길을 찾아야겠다.

저는 선도해의 이야기를 듣고 무릎을 탁 쳤지요. 선도해도 싱긋 웃더군요. 그날 밤, 보장왕에게 보낼 글을 썼답니다. 뭐, 사실 연개소문에게 보내는 거지만요. 아무튼, 대재는 본래 고구려 땅이 맞고 신라로 돌아가면 왕께 말해 돌려드리겠다고 했지요. 믿지 못하겠다면 하는 수 없지만, 하늘의 해를 두고 맹세하겠다고까지 했어요.

그랬더니 보장왕은 저를 풀어 주며 신라로 돌아가도 좋다고 하더군요. 저는 고구려 땅에서 빠져나오는 동안은 아무렇지도 않은 척했어요. 등에서 **식은땀**이 줄줄 흘렀지만요. 연개소문이 군사들을 붙여서 감시했거든요.

대재 고개가 보이고 신라 군사들도 보이자 안심이 되더군요. 배웅 나왔던 연개소문의 군사들도 거기서 돌아가겠다고 하길래 얼른 대재 고갯길을 올라 한마디 해 주었어요!

● ㅅㅇㄸ : 덥지도 않은데 나는 땀.

"백제를 치기 위해 고구려에 군사를 청하러 갔는데, 신라의 땅을 내놓으라고 하다니. 나라의 땅을 내놓고 말고 하는 일을 신하가 어떻게 마음대로 할 수 있다는 말이냐! 내가 땅을 내놓겠다고 말한 것은 억울한 죽음을 당하지 않기 위한 꾀였을 뿐이다. 보장왕과 연개소문에게 전하라."

일이 이렇게 된 거랍니다. 그 뒤로 연개소문과 고구려는 저를 두고 거짓말쟁이에 **교활한** 놈이라고 떠들어 댄답니다.

그런데요, 제가 한 말을 거짓말이라고 해야 하나요? 나라를 위해 꾀를 낸 것 아닌가요? 그리고 설령 거짓말이라고 해도 좋은 거짓말 아닌가요?

ㄱㅎㅎㄷ(ㄱㅎㅎ) : 몹시 간사하고 꾀가 많다.

간추리기1 인물 폴더

이야기에 나온 낱말을 인물 폴더에 넣어서 정리하려고 해.
인물 폴더에 들어갈 알맞은 낱말을 골라 낱말 스티커를 붙여 봐.

누구와 관련
있는 낱말일까?

고구려	백제	사신	꾀
대막리지	보장왕	거짓말	맹세
대재	생떼	신라	장군

🔍 삼국시대

김춘추

연개소문

스티커

스티커

< | >

간추리기2 # 김춘추 SNS

김춘추가 이번에 겪은 일을 사진과 함께 SNS에 올리려고 해.
사진에 무슨 설명을 넣으면 좋을지 써 봐.

토끼와 거북이

선도해가 들려준 이야기는 김춘추의 일과 어떻게 닮았을까? **각 이야기**
에 나온 낱말들을 닮은 것 또는 비슷한 것끼리 선으로 이어 봐.

김춘추	거북이
고구려	용궁
연개소문	바위에 널어 둔 간 얘기
대재	바다 가운데 섬
빌리려는 군사	토끼
하늘의 해를 두고 한 맹세	간

이야기에 나온 인물들의 잘한 점과 잘못한 점을 따져 보려고 해.
이들의 잘잘못을 쓰고 어느 정도인지 점수를 매겨 봐.

김춘추

잘한 점 ⬚ 점

✎ ----------------------------

잘못한 점 ⬚ 점

✎ ----------------------------

연개소문

잘한 점 ⬚ 점

✎ ----------------------------

잘못한 점 ⬚ 점

✎ ----------------------------

선도해

잘한 점 ⬚ 점

✎ ----------------------------

잘못한 점 ⬚ 점

✎ ----------------------------

보장왕

잘한 점 ⬚ 점

✎ ----------------------------

잘못한 점 ⬚ 점

✎ ----------------------------

다른 이야기

선도해는 보장왕에게 또 다른 토끼와 거북이 이야기를 해 주었대.
**이야기를 들은 보장왕은 돌아가겠다는 김춘추에게 뭐라고 답했을
지 써 봐!**

거북이는 토끼 말을
믿지 않았어요…
속닥속닥

오호,
그렇단 말이지.

간을 바위에
넣어 두었거든!
돌아가서
가져와야
할 텐데?

그래? 어디
바위인지만
알려 줘!
내가 가지고
올게!

대재는 고구려
땅이 맞습니다.
제가 돌아가면
꼭 돌려드리겠습니다.

그래?
그럼…

64

인물 카드

이야기에 나온 인물들의 인물 카드를 만들어 보자. 인물에 맞게 스티커를 붙이고 **어떤 내용이 담기면 좋을지 생각해서 써 봐.**

직책은 책임을 맡은 직업 같은 거야.

스티커	이름	김춘추
	시대	
	나라	
직책	성별	
성격		
관련 사건		
특징		

스티커	이름	연개소문
	시대	
	나라	
직책	성별	
성격		
관련 사건		
특징		

스티커	이름	선도해
	시대	
	나라	
직책	성별	
성격		
관련 사건		
특징		

왜 우리 카드는 없냐? 우리도 좀 만들어 줘.

김춘추가 한 일은 꾀일까, 거짓말일까? 이야기를 둘러싸고 있는 이들은 **어떻게 생각할지 스티커를 붙이고 네 생각도 써 봐.**

나는 김춘추가 한 일이 (꾀, 거짓말) (이)라고 생각한다.

김춘추가 고구려에서 살아 돌아온 날 일기를 썼대. 자신이 겪은 일을 어 떻게 기록했을지 **김춘추가 되어서 일기를 써 봐.**

언제   어디에서

일기는 무슨 일을 겪었는지 정리해 보고, 생각과 느낌을 쓰면 돼. 겪은 일은 이렇게 정리할 수 있지.

생각   겪은 일   누구와

느낌   무슨 일

날짜	년 월 일 요일
날씨	

날짜와 요일을 써.

날씨를 자세하고 재미있게 표현해 봐. 그림을 그려도 되고, 글로 써도 돼.

제목:

겪은 일

생각과 느낌

김춘추 뒤풀이

김춘추가 낱말 퀴즈 뒤풀이를 열었어. 낱말 퀴즈를 풀어서 가리사니 힘을 다져 보자고. **요지카를 보면서 문제를 풀어 봐.**

1 문장에 들어갈 낱말을 보기에서 찾아 쓰고, 낱말의 기본형을 써 보세요. 기본형은 낱말의 기본이 되는 형태를 말해요.

보기	팽개칠	팽개쳐서	팽개치고	팽개치면

- 숙제를 (   ) 놀기만 하면 어떡하니?
- 약속을 (   ) 안 돼.
- 말도 안 되는 약속이니 (   ) 수밖에 없지.
- 가방을 (   ) 엄마한테 혼났어.

기본형
( )

보기	어기지	어기면	어길	어겨서

- 교통 신호를 (   ) 감옥에 가나요?
- 약속 시간을 (   ) 혼났어.
- 규칙을 (   ) 맙시다.
- 친구와 한 맹세는 (   ) 수 없어.

기본형
( )

보기	교활하기로	교활함	교활한	교활하다고

- 네 (   ) 마음을 누가 모를 줄 알고?
- 흥, (   ) 치자면 네가 앞서지.
- 나는 네 (   )과 꾀를 당할 수 없어.
- 사람들이 너를 (   ) 비웃어도 어쩔 수 없을 거야.

기본형
( )

2 선도해의 재미있는 반대말 풀이를 보고 빈칸에 알맞은 낱말을 써 보세요.

무스갯소리 ⇨ 남을 우습게 하는 말이 ☐☐☐☐ 라면,
남을 무섭게 하는 소리는 무스갯소리 아니겠어?

끓은땀 ⇨ 덥지도 않은데 흘리는 땀이 ☐☐ 이니까, 뜨거
워서 흘리는 땀은 끓은땀 아니겠어?

죽은때 ⇨ 당치도 않은 일에 떼쓰는 게 ☐☐ 니까 마땅한 일에
떼를 쓰는 건 죽은때 아니겠어?

3 연개소문이 너무 흥분한 나머지 말이 잘못 나왔어요. 잘못 말한 글자를 찾아 X표
하고 바르게 고쳐 써 보세요.

어차, 김춘추가 거짓말을 했구나! ⇨ ☐☐

이번 기회에 김춘추를 없앨 수 있었는데

아쉽게도 호탕을 치고 말았네. ⇨ ☐☐

약속을 헐신짝처럼 버리는 고얀 놈! ⇨ ☐☐☐

다음에 또 만나면 가만두지 않겠다.

3장

바보 마을 고담

바보 마을이라고 알려진 고담에 사는 도빈이 헷갈리는 게 있대. 도빈이 답답해 하는 게 무엇인지 알아보고, 어떻게 하면 좋을지 말해 줘.

이 이야기에서 진짜 바보는 누구일까?
바보 같은 사람에게 동그라미 치고 이유를 말해 봐.

비단 장수가 피곤해서 망주석 앞에 비단 등짐을 놓고 잠이 들었어. 깨어나 보니 비단이 없었지. 비단 장수는 원님에게 달려가서 망주석이 비단을 훔쳐 갔다고 했어. 원님은 비단을 훔쳐 간 망주석을 데려다 곤장을 매우 쳤대. 그걸 지켜보는 사람들이 깔깔깔 웃었지. 원님은 화가 나서 웃는 사람 모두를 잡아넣었대. 풀어 주는 조건으로 비단을 가져오라고 했지. 이튿날 사람들이 너도나도 비단을 사다가 원님에게 바쳤지. 원님은 비단 장수에게 이 비단이 등짐에 있던 게 맞는지 물었대. 비단 장수가 맞다고 했지. 원님은 사람들에게 비단을 어디서 샀냐고 물었어. 사람들이 비단을 누구에게서 샀는지 말해 주었지. 원님은 그 사람을 비단 도둑으로 잡아들였대. 도둑이 비단을 훔쳐서 마을 사람들에게 되팔았던 거지.

망주석이 내 비단을 훔쳐 갔어요.

망주석을 매우 쳐라.

깔깔깔 진짜 바보 같다.

내가 훔쳐 간 걸 모르는구나.

비단 장수 　 원님 　 마을 사람들 　 도둑

가라사대왕이 이야기나라의 보물, 요지경을 선물로 주었어.
요지경을 보면서 무슨 일이 벌어졌는지 짐작해 보자.

 먼저, 활동지에 있는 요지경을 직접 만들어 보자. 활동지 9~12쪽

 요지경에 있는 그림을 요리조리 살펴보자.

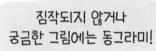
짐작되지 않거나
궁금한 그림에는 동그라미!

도빈 이야기

어떠세요, 제가 정말 멍청해 보이고 우리 마을 사람들이 다 바보 같아 보여요? 정말 우리가 바보 중의 바보이고 우리 마을이 바보들만 사는 곳 같은가요? 음, 저는 **도빈**이고, 우리 마을은 **고담**이라는 곳이에요. 우리가 바보로 알려진 건 다 그 고약한 왕 때문이랍니다.

어느 날인가 왕이 우리 고담 마을을 지나갈 거라는 소식이 들렸어요. 욕심 많고 성질이 사납기 짝이 없는 왕이라서 이만저만 걱정이 아니었지요. 왜 아니겠어요? 왕과 왕을 따르는 신하들이 묵을 곳도 마련해야 하고요, 먹을 것도 내놓아야 하거든요. 게다가 왕은 제 마음에 드는 것이라면 죄다 빼앗는 날강도 같았어요.

● ㅈㄷ : 남김없이 모조리.
● ㄴㄱㄷ : 아주 악독하게 남의 것을 빼앗는 도둑.

74

　그래서 고담에서 똑똑하다는 사람들이 모여서 머리를 맞대고 왕이 고담으로 들어오지 못하게 막을 방법을 찾았어요. 숲의 큰 나무들을 베어다가 고담으로 오는 길을 막아 버리자는 의견이 나왔어요. 제법 훌륭한 생각이라서 모두 그러기로 했지요. 마을 사람들이 모두 나서서 고담으로 통하는 길을 통나무로 막아 버렸답니다.

　왕이 고담으로 오는 데 애를 먹고 시간을 들이다가 그냥 포기하고 다른 마을로 가기를 기대했던 것이지요. 그런데 우리 기대와는 전혀 다른 일이 벌어졌답니다. 왕이 그만 노발대발하고 만 거예요. 감히 왕의 행차를 가로막은 고담 사람들을 가만두지 않겠다고 했답니다. 왕이 기사들에게 먼저 가서 고담 사람들을 죽도록 패라고 했다지 뭐예요.

　● ㄴㅂㄷㅂ : 몹시 노하여 펄펄 뛰며 성을 냄.

뜻밖의 소식이 전해지자 온 마을이 시끌벅적해졌어요. 그래서 어쩌기는요? 왕의 행차를 막은 것처럼 기사들도 막아 내기 위해 또 머리를 짜내는 수밖에 없었지요. 하지만 딱히 좋은 수가 나오지 않았어요. 하는 수 없이 고담 사람들 중 가장 똑똑하다는 제가 나서서 좋은 수를 내놓았지요.

바로 바보인 척하는 방법이랍니다. 세상에 둘도 없는 멍청이로 보이면 되는 것이었지요. 제 생각을 듣더니 다들 어리둥절해 하더군요. 그래서 저는 예로부터 잘나고 똑똑해서 화를 당한 사람은 있어도, 바보가 그랬다는 이야기는 들어 본 적이 없다고 말해 주었어요. 게다가 왕이나 기사라는 사람들은 바보 천치들과 싸우는 것이야말로 부끄럽고 바보 같은 짓으로 여긴다고도 했지요.

　모두 좋은 생각이라고 찬성했어요. 그래서 우리 고담 마을 사람들은 왕이 보낸 기사가 나타나면 모두 바보 중의 바보 짓을 하기로 약속했어요.

　왕은 길이 뚫리기를 기다리다 지쳐 왕궁으로 돌아가 버리고 기사들만 우리 마을로 들어왔어요. 새벽부터 길이 없는 숲을 헤치고 기사들이 마을을 찾아왔어요.

　기사들은 멀리 마을이 보이는 언덕배기에서 웬 노인들과 젊은이들을 만나게 되었어요. 누구긴 누구겠어요? 바보 짓을 하기로 한 우리 마을 사람들이죠. 기사들 눈에 어이없는 모습이 들어왔어요. 노인들이 큰 돌을 언덕 위로 밀어 올리고 있고, 그 곁에서 젊은이들은 마치 자기들이 힘쓰는 듯 끙끙거리는 소리를 요란하게 내고 있는 모습 말이에요.

● ㅇㄷㅂㄱ : 언덕의 꼭대기나 언덕이 가파르게 꺾인 곳.

기사들은 도대체 뭔 짓을 하는 거냐고 노인들에게 물었지요. 노인들은 아주 태연하게 대답했어요.

"해를 뜨게 하려고 높은 언덕으로 돌을 밀어 올리고 있구려."

정말 바보 같은 말이잖아요! 기사들은 기가 막혀서 말했지요.

"이런 멍청한 노인들, 해는 저절로 뜨는 것도 모르시오?"

노인들은 짐짓 놀라는 척했어요.

"오, 세상에! 난생처음 알았네요!"

옆에 있던 젊은이들도 같이 능청을 떨어 주었지요.

"이렇게 똑똑한 사람들이 있다니!"

기가 막힌 기사들은 이번에는 젊은이들을 향해 노인들 옆에서 무엇을 하고 있었는지 물었지요.

"어르신들이 저렇게 고생하시는데 가만있을 수 없어 끙끙대는 소리라도 대신 내고 있었습지요."

기사는 쯧쯧 혀를 차면서 이 마을이 어떤 곳인지 대충 알 만하다면서 언덕 아래 들판을 향해 내려갔어요. 우리 계획이 먹히기 시작한 거예요. 기사들이 들판에 이르자 돌담을 쌓고 있는 또 한 무리의 사람들이 보였어요. 물론 일부러 바보짓을 하기로 했던 우리 마을 사람들이지요.

● ㄴㅅㅊㅇ : 세상에 태어나서 처음으로.

이야기를 따져 보면서 물음에 답을 찾아봐.

사실 **1** 다음 중 글의 내용으로 알맞지 않은 문장을 찾아 X표 해 보세요.

• 고담 마을 사람들은 왕의 행차를 싫어한다. ☐

• 왕은 사람들의 물건을 빼앗는 욕심쟁이다. ☐

• 고담 마을 사람들은 모두 바보다. ☐

비판 **2** 왕이라면 원하는 물건을 마음대로 빼앗아도 될까요? 자신의 생각을 써 보세요.

비판 **3** 행차를 방해한 마을 사람들을 죽도록 때리라는 왕의 명령을 어떻게 생각하나요? 맞는 의견에 V표 하고, 이유를 써 보세요.

☐ 왕을 화나게 했으니 벌을 받아야지!　　☐ 사람을 죽도록 때리는 건 옳지 않아!

창의 **4** 바보짓을 하는 대신 기사들을 돌려보낼 수 있는 다른 방법은 없을까요? 좋은 방법을 생각해서 써 보세요.

3장 바보 마을 고담 79

기사들은 이번에도 마을 사람들에게 무슨 짓을 하고 있는 거냐고 물었어요.

우리 마을 사람들이 뭐라고 대답한 줄 아세요?

"아, 이거요? 뻐꾸기를 잡아 두려고요. 이 들판에는요, 뻐꾸기가 많아서요, 가두어 두려고 담을 둘러쌓고 있답니다."

시치미를 뚝 떼고 아주 바보처럼 잘도 대답했답니다.

"이런 멍청이들, 담을 아무리 높게 쌓아 봐라. 뻐꾸기가 훌쩍 담을 넘나 못넘나! 어떻게 그런 것도 몰라!"

기사들은 정말 어처구니없어 하더군요. 그러자 사람들은 깜짝 놀란 척하며 맞장구를 쳐주었어요.

"앗, 그 생각은 미처 못했네. 와, 정말 똑똑하시다!"

기사들은 입을 딱 벌린 채 절레절레 머리를 흔들어 대기만 했답니다.

● **ㅈㄹㅈㄹ** : 머리를 좌우로 흔드는 모양.

이야기를 따져 보면서 물음에 답을 찾아봐.

논리 **1** 마을 사람들이 바보 같은 행동을 하는 이유로 알맞은 것을 골라 동그라미 쳐 보세요.

- 바보와는 아무도 싸우려고 하지 않기 때문이다. ⬜

- 바보같이 행동하면 불쌍하게 생각하기 때문이다. ⬜

- 바보짓이 재미있기 때문이다. ⬜

사실 **2** 기사들이 뻐꾸기를 잡으려고 높은 담을 쌓는 게 바보같다고 생각한 이유를 써 보세요.

창의 **3** 기사가 마을 사람들에게 뻐꾸기 잡는 방법을 알려 주면 어떨까요? 여러분이 기사가 되어 좋은 방법을 그림으로 그려 보세요.

마을 어귀에 다다른 기사들은 이번에는 멀리 떠나는 듯한 남자를 만났답니다. 그런데 어라, 문짝을 등에 지고 있는 게 아니겠어요? 기사들은 또 남자에게 무슨 짓을 하고 있는 거냐고 물었지요.

"여행을 떠나는데 우리 집 문짝을 떼어 가지고 가고 있습지요. 집에 큰돈을 두고 왔는데, 도둑이 들면 안 되니까요."

기사가 무슨 뜻인지 어리벙벙하고 있자 남자가 답답해 하며 말했어요.

"문이 없어 봐요. 도둑이 어떻게 문을 열고 집 안으로 들어가겠어요?"

남자는 되레 기사가 바보 같다는 듯이 쏘아붙였답니다.

"아니, 뭐 이런 바보가… 그럼 문짝 대신 돈을 지고 가는 것이 더 안전하지 않느냐?"

기사가 참 딱하다는 듯이 말하자 남자는 어떻게 그런 생각을 할 수 있느냐고, 기사님처럼 똑똑한 사람은 처음 본다고 너스레를 떨었어요.

● ㄷㄹ : '도리어'의 준말로 처음의 생각과는 반대로, 또는 아주 다르게.
● ㄴㅅㄹ : 수다스럽게 떠벌리는 말이나 행동.

이야기를 따져 보면서 물음에 답을 찾아봐.

 1 도둑이 집에 들어오는 걸 막기 위해 남자가 생각한 방법은 무엇인가요? 빈 곳에 들어갈 내용을 문장으로 써 보세요.

- 우리 집에 큰돈이 있는데 여행을 가야 한다.
- 도둑이 돈을 훔쳐 갈 수도 있다.
-

➡ 그러므로 문짝을 등에 지고 가면 돈이 안전하다.

 2 만약 진짜 문짝이 없는 집을 도둑이 본다면 어떻게 생각할까요? 도둑의 생각을 짐작해서 써 보세요.

 3 멀리 여행을 간다면 무엇을 가져가고 싶나요? 가져가야 할 것 중에서 가장 중요한 것 다섯 가지를 쓰고 이유를 말해 보세요.

기사들은 몇 사람을 더 만났지만 한결같이 어리석기 짝이 없는 이들이었어요. 결국 기사들은 고담 사람들은 바보 중의 바보들이라고 생각할 수밖에 없었어요. 이런 바보들을 상대하는 것은 기사 체면에 수치라고 생각해서 왕궁으로 발길을 돌렸답니다. 왕에게 가서 고담은 바보 중의 바보들이 사는 바보 마을이라고 보고했고요. 왕은 그런 바보들이라면 내버려 두라고 했다네요. 바보같이… 헤헤! 우리가 바보 작전으로 왕의 얼굴에 먹칠을 해 준 셈이지요. 그런데 이때부터 우리 고담은 바보 마을로 소문이 나고 말았어요. 쳇, 바보인 척하기가 얼마나 어려운데! 바보인 척하는 걸 두고 바보라고 하는 이가 진짜 바보 아닌가요? 그런데요, 고담이 바보 마을이 되어 버렸으니, 제가 제 얼굴에 먹칠한 것이 아닐까 하는 생각이 자꾸 들어요. 우리 마을에도 피해를 준 것 같고요. 어쩌면 정말 바보짓을 한 것은 제가 아닌지, 정말 헷갈려요!

ㅅㅊ : 부끄러운 사실 또는 부끄러워하는 마음.
ㅁㅊ : 명예, 체면 따위를 더럽히는 것을 비유적으로 이르는 말.

84

이야기를 따져 보면서 물음에 답을 찾아봐.

 논리 **1** 왜 기사들은 고담 마을 사람들을 상대하는 것이 수치스러운 일이라고 생각했나요? 알맞은 답에 동그라미 쳐 보세요.

- 기사로서 체면이 서지 않는 일이기 때문이다. ☐

- 바보들에게 속았다는 사실을 깨달았기 때문이다. ☐

- 고담 사람들과 싸우면 기사들이 질 것 같았기 때문이다. ☐

 추론 **2** 고담 마을이 바보 마을이라고 소문난 것에 대해 마을 사람들은 어떻게 생각할까요? 마을 사람들의 마음을 짐작해서 써 보세요.

🖉 _____

_____

 비판 **3** 바보 작전은 성공한 걸까요, 실패한 걸까요? 바보 작전에서 잃은 것과 얻은 것을 쓴 다음, 성공과 실패 정도를 색칠해 보세요.

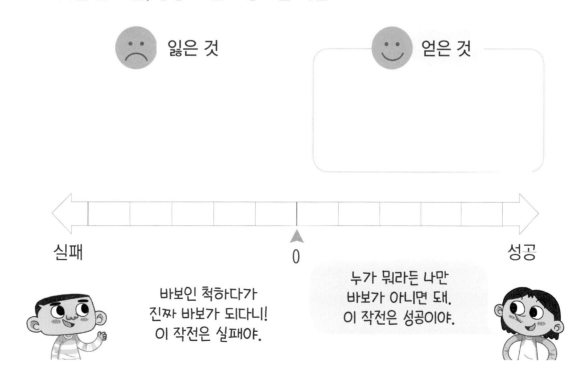

😕 잃은 것

🙂 얻은 것

실패 ⟵————————0————————⟶ 성공

바보인 척하다가 진짜 바보가 되다니! 이 작전은 실패야.

누가 뭐라든 나만 바보가 아니면 돼. 이 작전은 성공이야.

도빈 연관 검색

도빈을 인터넷에서 검색하면 연관 검색어로 뜨는 것들이야.
순위를 매겨 검색어를 써 보고, 검색어를 설명하는 내용도 써 봐.

Q 도빈

통나무 · 길 · 고담 · 날강도 · 왕 · 기사 ·
회의 · 돌 · 해 · 노인네 · 젊은이 · 뻐꾸기 · 돌담 ·
문짝 · 도둑 · 바보 · 바보 마을 · 체면 · 행차

①

②

③

④

⑤

고담 마을 사람들 이야기를 SNS에 올리려고 하는데 사진 설명이 필요해.
해시태그에 들어갈 글을 써 봐.

\#

\#

\#

\#

\#

\#

기사들이 바보라고 했을 때 고담 사람들의 속마음은 어땠을까?
고담 사람들의 너스레를 진짜 속마음으로 바꾸어 써 봐.

난생처음 알았네요!
이렇게 똑똑한
사람이 있다니!

속마음
1

해는 저절로
뜬단 말이야,
그것도
모른다고?

앗, 그 생각은 미처
못했네. 와, 정말
똑똑하시다!

속마음
2

담을 아무리
높게 쌓아
봐라. 뻐꾸기가
훌쩍 넘어 날아
가지. 어떻게 그
런 것도 몰라!

어떻게 그런 생각을 할
수 있어요, 기사님처럼
똑똑한 사람은 처음 봐요!

속마음
3

아니, 그럼
문짝 대신 돈을
지고 가는 것이
더 안전하지
않아?

기사들을 물리친 고담 사람들은 바보 작전을 잘 성공시킨 이들에게 상을 주기로 했대. **누구에게 어떤 상을 주면 좋을지 선을 그어 봐.**

 음, 최고의 바보에게 주는 상이라고 하던데....

 누구에게 줄까?

 어떤 상을 줄까?

감독상

일이 잘되도록 살피고 지휘한 사람에게 주는 상

주연상

바보 연기를 가장 뛰어나게 한 사람에게 주는 상

조연상

바보 연기를 잘 하도록 주연을 도운 사람에게 주는 상

공로상

가장 공이 큰 사람에게 주는 상

기사가 문짝이 없는 집에서 도둑을 만났대. 물론 바보인 척하는 고담 사람이었지만. **이 사람은 어떻게 바보인 척했을지 써 봐.**

짚어보기4 얼굴에 먹칠

바보 작전은 왕과 도빈 중에서 누구의 얼굴에 더 먹칠을 한 걸까?
체면을 더 구겼다고 생각하는 만큼 얼굴에 먹칠을 해 봐.

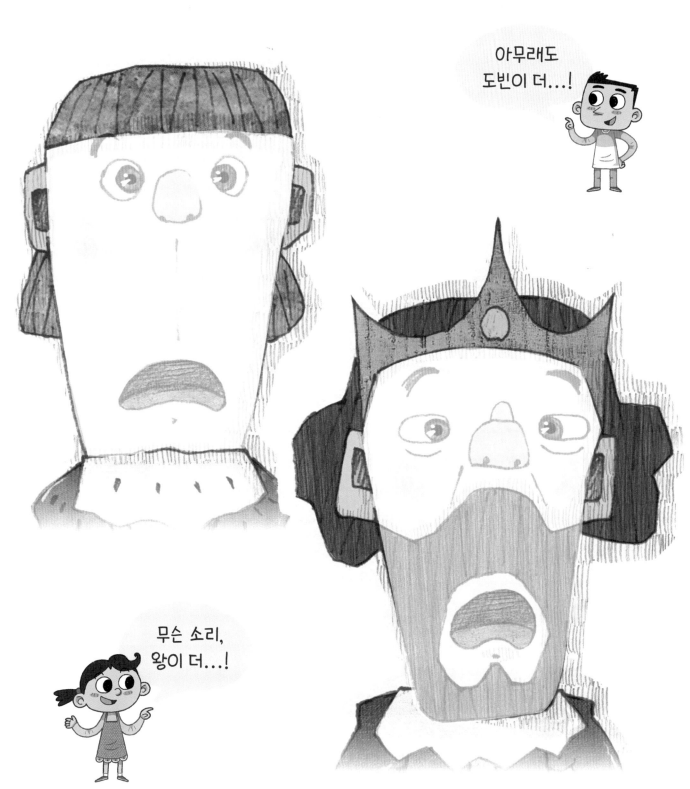

아무래도
도빈이 더...!

무슨 소리,
왕이 더...!

이야기에 나온 사람들이 얼마나 바보스러운지 점수를 매겨서 바보 **진·선·미**를 뽑을 거야. **빈칸에 스티커를 붙이고 그렇게 정한 까닭을 말해 봐!**

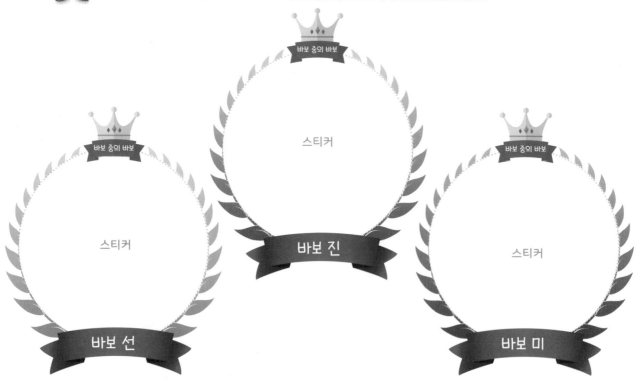

바보 중의 바보
스티커
바보 진

바보 중의 바보
스티커
바보 선

바보 중의 바보
스티커
바보 미

0점에서 100점까지 점수를 매겨!

왕의 기사들

사납고 욕심 많은 왕

고담 마을 젊은이들

고담 마을 노인들

문짝을 지고 가던 남자

돌담을 쌓던 사람들

고담에서 가장 똑똑한 도빈

고담 사람들을 바보 중의 바보라고 놀리는 사람들

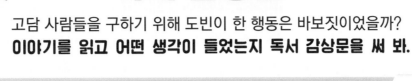

보고하기 독서 감상문

고담 사람들을 구하기 위해 도빈이 한 행동은 바보짓이었을까?
이야기를 읽고 어떤 생각이 들었는지 독서 감상문을 써 봐.

제목:

-<바보 마을 고담>을 읽고-

네가 쓴 감상문에
어울리는 제목을
지어 봐.

책 내용

어떤 이야기인지
짧게 간추려 봐.
누가 무엇을 했고,
어떻게 되었지?

생각

어떤 생각이 들었는지
까닭과 함께 써 봐.

느낌

어떤 감정이 들었
는지 써 봐.
화나거나 슬프거나
기쁘거나 즐거웠던
부분이 있니?

교훈

인물의 행동을 보면
서 어떤 걸 배웠는
지 써 봐.
너라면 어떻게
할까?

하고 싶은 말

등장인물에게
하고 싶은 말을
써 봐. 도빈에게
무슨 말을 해
줘야 할까?

도빈이 낱말 퀴즈 뒤풀이를 열었어. 낱말 퀴즈를 풀어서 가리사니 힘을 다져 보자고. **요지카를 보면서 문제를 풀어 봐.**

1 다음은 '레'로 끝나는 낱말 수수께끼예요. 어떤 낱말인지 써 보세요.

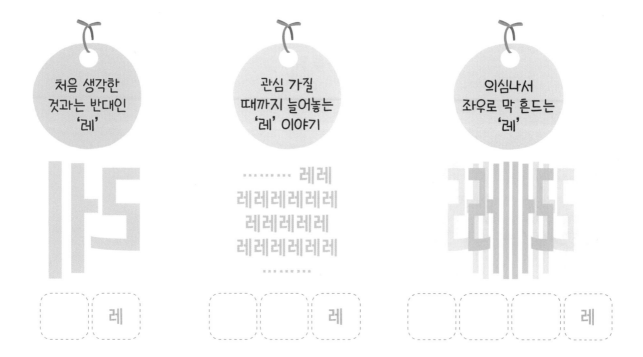

처음 생각한 것과는 반대인 '레'	관심 가질 때까지 늘어놓는 '레' 이야기	의심나서 좌우로 막 흔드는 '레'

······· 레레
레레레레레레레
레레레레레레
레레레레레레

| ☐ | 레 | | ☐ | 레 | | ☐ | ☐ | ☐ | 레 |

2 다음은 고담 사람들이 바보인 척하며 쓰려고 했던 낱말의 반대말 풀이라고 해요. 설명을 보고 빈칸에 알맞은 글자를 써 보세요.

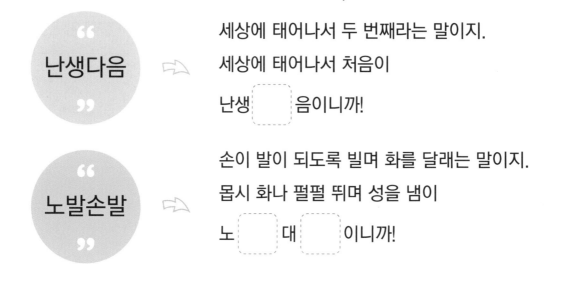

" **난생다음** "

➪

세상에 태어나서 두 번째라는 말이지.

세상에 태어나서 처음이

난생 ☐ 음이니까!

" **노발손발** "

➪

손이 발이 되도록 빌며 화를 달래는 말이지.

몹시 화나 펄펄 뛰며 성을 냄이

노 ☐ 대 ☐ 이니까!

94

3 고담 마을의 벽에 낙서도 일부러 틀리게 썼다고 해요. 틀린 글자에 X표 하고 낱말을 바르게 고쳐 써 보세요.

내 얼굴에 멍칠을 해 줄래?

언뚝배기에서 만난 기사님, 바보!

우리 왕은 난강도야!

☐☐☐ ☐☐ ☐☐☐☐

4 다음은 고담 마을 사람들이 두 낱말을 섞어서 암호처럼 쓰는 말이에요. 비슷한 뜻을 가진 두 낱말을 풀어내어 써 보세요.

모조다리죄

얘들이, 지금 뭐라는 거야!

부럼수끄치

죄☐ = ☐조☐   수☐ = ☐럼

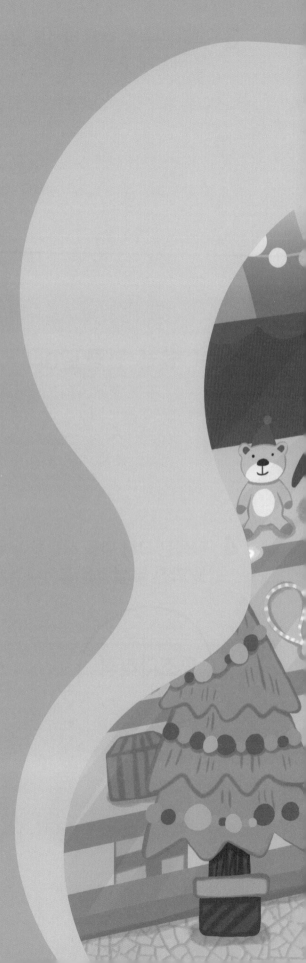

4장
크리스마스 선물

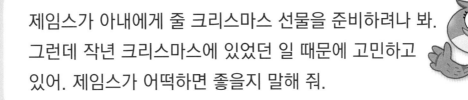

제임스가 아내에게 줄 크리스마스 선물을 준비하려나 봐.
그런데 작년 크리스마스에 있었던 일 때문에 고민하고
있어. 제임스가 어떡하면 좋을지 말해 줘.

청개구리

무슨 일이든 엄마 말에 거꾸로 하는 청개구리가 있었어. 청개구리 이야기를 살펴보고 **청개구리가 어떻게 말해야 할지 말풍선에 써 봐.**

나는 엄마 말이라면 늘 거꾸로 하는 청개구리였어. 엄마가 죽거든 꼭 냇가에 묻어 달라고 하시더라고. 엄마가 돌아가시자 엄마 말을 안 들었던 걸 후회했지. 그래서 엄마 말대로 냇가에 무덤을 만들어 드렸어. 에후, 비가 오는 날이면 내가 개굴개굴 울어 대는 것은 그것 때문이야.

엄마 무덤이 떠내려갈까 봐. 그런데 나도 나를 꼭 빼닮은 딸이 있어. 그래서 내가 죽으면 딸에게 산에다 묻어 달라고 해야 할지, 냇가에 묻어 달라고 해야 할지 모르겠어. 내 딸도 내 말이라면 꼭 반대로 하거든. 나는 어떻게 해야 할까?

내가 죽거든…

굴개굴개
굴개굴개

98

가라사대왕이 이야기나라의 보물, 요지경을 선물로 주었어.
요지경을 보면서 무슨 일이 벌어졌는지 짐작해 보자.

먼저, 전개도를 이용해서 요지경을 직접 만들어 보자. 활동지 13~16쪽

요지경에 있는 그림을 요리조리 살펴보자.

짐작되지 않거나 궁금한 그림에는 동그라미!

제임스 이야기

메리 크리스마스!

저는 제임스예요. 아내 델라에게 줄 크리스마스 선물을 사러 막 집을 나서는 길이에요.

그런데 왜 이리 표정이 어둡냐고요? 아직 선물을 정하지 못해서 그래요. 올해도 선물을 살 만큼 돈이 넉넉하지 않기도 하지만요, 실은 작년 크리스마스에 있었던 일이 생각나기 때문이에요. 가슴 벅차기도 하고 안타깝기도 하고…. 뭐, 아무튼 작년 크리스마스에 야릇한 일이 있었어요.

ㅇㄹㅎㄷ(ㅇㄹㅎ) : 무엇이라고 표현할 수 없도록 이상하고 묘하다.

제 아내 델라는 참 예쁜 사람이에요. 예쁘기도 하지만 무척 알뜰하기도 해요. 제 벌이가 시원찮아서 늘 어렵지만 그래도 얼마나 알뜰살뜰 살림을 꾸려 나가는지 몰라요. 게다가 델라의 금빛 머리칼은 눈부시게 아름답지요. 아마도 그런 머릿결을 가진 사람은 세상에 없을 거예요. 델라도 보물처럼 여기고 자랑스러워했어요.

저는 늘 델라에게 미안했어요. 언젠가는 그 아름다운 머릿결에 어울리는 선물을 꼭 해 주고 싶었어요. 그래서 지난 크리마스에는 큰맘 먹고 좋은 선물을 샀어요.

언젠가 델라와 함께 시내 상가를 지날 때였어요. 델라가 어느 상점에 진열된 예쁜 머리핀을 보고는 눈길을 떼지 못했어요. 저는 못 본 척하고 지나왔지만 속상하고 마음이 너무 아팠어요. 그래서 언젠가는 꼭 사 줘야지 마음먹고 있었지요.

- ㅇㄸㅅㄸ : 일이나 살림을 정성껏 규모 있게 꾸려 가는 모양.
- ㅋㅁ : 넓고 크게 생각하는 마음씨.
- ㅈㅇㄷㄷ(ㅈㅇㄷ) : 여러 사람에게 보일 목적으로 물건이 죽 벌여져 놓이다.

예, 맞아요. 그 머리핀을 샀어요. 어떻게 돈을 마련했냐고요? 다른 방법이 없었어요. 제가 가진 보물을 내다 팔았지요. 제게는요, 할아버지 대부터 물려받은 시계가 있어요. 할아버지가 쓰시던 것을 아버지가 물려받고, 아버지가 제게 물려주셨지요. 시곗줄이 너무 낡아서 남들 앞에서 꺼내 보기는 창피하지만, 그래도 시계만은 금으로 된 귀하고 값진 것이랍니다.

쥐꼬리만 한 월급으로는 두 식구 먹고살기에도 빠듯해서 저축한 돈도 없었고요. 그래서 시계를 파는 것 말고는 달리 뾰족한 방법이 없었어요. 할아버지, 아버지에게는 죄송한 일이지만 이해해 주실 거라고 믿었어요. 아무튼 금시계를 팔아서 마련한 돈으로 그 머리핀을 샀지요.

● ㅈㄲㄹ : 매우 적은 것을 비유적으로 이르는 말.

이야기를 따져 보면서 물음에 답을 찾아봐.

사실 **1** 제임스와 델라가 가지고 있는 보물은 무엇인지 써 보세요.

| 제임스의 보물 | 델라의 보물 |

논리 **2** 제임스가 금시계를 팔아야 했던 이유는 무엇인가요? 문장에 알맞은 낱말을 써서 이유를 설명해 보세요.

- 델라에게 줄 ☐☐☐ 을/를 사고 싶었다.

- ☐ 으로 된 값진 시계라서 팔면 돈을 마련할 수 있었다.

- 쥐꼬리만 한 ☐☐ (이)라서 저축한 돈이 없었다.

창의 **3** 크리스마스에 받고 싶은 선물을 그림으로 그리고, 그 선물이 왜 받고 싶은지 이유를 말해 보세요.

비판 **4** 할아버지 대부터 물려받은 시계를 판 제임스의 행동을 어떻게 생각하나요? 자신의 생각에 동그라미 치고 이유를 써 보세요.

제임스가 (잘했다고, 잘못했다고) 생각한다. 왜냐하면 _____

머리핀을 막상 사고 보니 정말 예뻐서 사기를 잘했다는 생각이 들었어요. 귀한 바다거북이 등딱지로 만들었다는데요. 가장자리에는 보석이 박혀 있어서 델라의 아름다운 머릿결에 정말 잘 어울릴 것 같았어요. 집으로 돌아가면서 머리핀을 꽂은 델라의 모습을 상상했답니다. 델라가 얼마나 좋아할지 제 마음이 다 설레었어요.

그런데요… 휴! 우리 집 문을 열고 들어섰을 때, 저를 마중하는 델라를 보고 기겁하고 말았지요. 한동안 아무 말도 못하고 그저 델라를 바라보기만 했어요. 당황스러운 나머지 어떡해야 할지 모르겠더라고요.

글쎄, 델라의 긴 머리채가 짧은 곱슬머리로 바뀌어 있는 게 아니겠어요! 세상에, 마치 심술꾸러기 꼬마처럼 말입니다.

● ㅁㅅ : 어떤 일에 실제로 이르러.
● ㄱㄱㅎㄷ(ㄱㄱㅎㄱ) : 갑자기 놀라거나 겁에 질려서 숨이 막힐 듯하다.

1 델라의 아름다운 머리에 예쁜 머리핀을 꽂은 모습을 사자성어로 표현했어요. 한자를 따라 쓰고 빈칸에 들어갈 낱말을 써 보세요.

금상첨화 : ▢▢ 위에 ▢ 을 더한다는 뜻.

錦 上 添 花
비단 **금** 윗 **상** 더할 **첨** 꽃 **화**

➡ 좋은 일 위에 또 좋은 일이 더하여짐을 비유적으로 이르는 말.

 2 제임스의 설레는 기분은 때에 따라 어떻게 달라졌을까요? 설렘의 정도를 상중하로 등급을 매겨 스티커를 붙여 보세요.

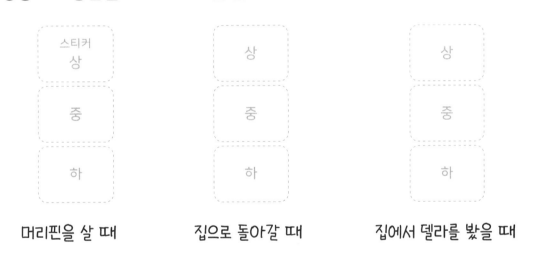

스티커 상	상	상
중	중	중
하	하	하

머리핀을 살 때 집으로 돌아갈 때 집에서 델라를 봤을 때

 3 제임스가 델라를 보고 기겁한 이유로 알맞지 않은 문장에 X표 해 보세요.

- 델라의 긴 머리가 짧은 곱슬머리로 바뀌어서 기겁했다. ▢

- 델라에게 더 이상 머리핀이 필요하지 않아서 기겁했다. ▢

- 델라의 짧은 머리가 예쁘지 않아서 기겁했다. ▢

"여보, 그렇게 쳐다보지 마요."

델라도 그런 저를 보면서 당황했는지 소리치더라고요. 델라는 제 크리스마스 선물을 마련하느라 돈이 필요해서 머리카락을 잘라 가발 가게에 팔았다고 했어요.

"여보, 내 머리카락 금방 자라는 거 잘 알잖아요. 그냥 기분 좋게 '메리 크리스마스' 해 주면 안 돼요? 크리스마스잖아요. 당신에게 줄 정말 근사한 선물이 있다고요."

델라는 제 눈치를 보며 허둥지둥 말하더군요. 그래도 제가 놀란 표정을 지우지 못하자 델라는 조심스럽게 되물었어요.

"여보, 설마 머리카락을 팔았다고 나를 미워하는 건 아니겠죠? 아름다운 머리카락이 없어도 나는 여전히 당신의 사랑스러운 아내인 거죠?"

이야기를 따져 보면서 물음에 답을 찾아봐.

추론 1 제임스와 델라는 서로를 보고 당황했어요. 둘 중에서 누가 더 당황했을지 당황스러운 정도를 색칠해 보세요.

제임스   0 당황스러움   델라

사실 2 델라가 머리를 자른 이유는 무엇인가요? 빈칸에 알맞은 낱말을 써 보세요.

제임스의 (   )을/를 마련하느라 돈이 필요해서 머리카락을 팔았다.

논리 3 여러분이 델라라면 제임스의 선물을 사기 위해 머리카락을 자를 건가요? 이유와 함께 써 보세요.

내가 만약 델라라면

왜냐하면~

창의 4 머리카락을 파는 것 말고 델라가 돈을 마련하는 다른 방법은 없을까요? 델라에게 좋은 방법을 소개해 보세요.

돈을 마련하려면 이렇게 해 보세요.

델라의 눈은 사랑으로 가득 차 보였어요.

"크리스마스예요, 여보. 그냥 다정하게 대해 줘요. 당신을 위해 그렇게 한 거예요. 내 머리카락은 하나씩 셀 수 있을지는 몰라도 당신에 대한 내 사랑은 헤아릴 수 없을 거예요."

전 그제야 정신이 번쩍 들어서 델라를 꼭 껴안아 주었어요. 그러고는 제가 준비한 선물을 탁자 위에 올려놓으며 말했어요.

"여보, 당신이 삭둑 자른 까까머리든 곱슬머리든 나는 상관없어요. 다 괜찮아요."

델라는 안심한 표정으로 미소 지었어요. 저는 알듯 모를 듯 미소를 지으며 델라에게 선물을 내밀었어요.

"하지만 내가 준비한 크리스마스 선물을 보면 내가 왜 그렇게 당신을 보며 놀랐는지 알 수 있을 거예요."

델라는 후다닥 크리스마스 선물을 풀어 보았어요. 보자마자 기뻐서 어쩔 줄 몰라 소리를 지르더군요.

"여보, 이건!"

그러더니 델라는 금방 거의 미친 사람처럼 울음을 터뜨렸어요. 방 안이 눈물바다가 될 정도로요. 저는 델라가 머리핀을 할 수 없어서 우는 거라고 생각했어요. 그래서 있는 힘을 다해서 델라를 달랬어요.

● ㄲㄲㅁㄹ : 아주 짧게 자른 머리.
● ㄴㅁㅂㄷ : 눈물을 많이 흘리는 상황을 바다에 빗대어 이르는 말.

사실 **1** 델라를 보고 제임스가 놀란 이유가 무엇인지 써 보세요.

추론 **2** 선물을 받은 델라는 기뻐하다가 울음을 터뜨렸어요. 델라는 기쁜 걸까요, 슬픈 걸까요? 델라의 마음을 잘 표현한 문장에 스티커를 붙여 보세요.

기쁘기도 하고 안타깝기도 했다.	우습기도 하고 화나기도 했다.	재미있기도 하고 짜증나기도 했다.
스티커	스티커	스티커

논리 **3** 제임스의 선물은 델라에게 좋은 것일까요? 자신의 생각에 동그라미 치고 이유를 써 보세요.

제임스의 머리핀 선물은 델라에게 (좋은 선물이다, 좋은 선물이 아니다).

창의 **4** 이야기의 제목이 '크리스마스 선물'인 이유를 생각해 보고, 이야기와 어울리는 또 다른 제목을 지어 보세요.

한참 뒤 델라는 머리핀을 가슴에 꼭 품고는 달래는 저에게 생긋 웃어 보이며 말했어요.

"괜찮아요. 내 머리는 진짜로 무척이나 빨리 자란다고요. 이제 내가 당신을 위해서 준비한 크리스마스 선물을 볼 차례예요."

그러고는 벌떡 일어나서 제게 크리스마스 선물을 내보였어요.

"어때요, 근사하죠? 이걸 구하느라고 온통 거리를 쏘다녔어요. 당신 시계, 이리 줘 봐요. 이제 멋진 시계를 제대로 하고 다닐 수 있을 거예요."

델라가 신나서 내민 상자에 반짝이는 게 있더라고요. 무엇인지 짐작되시죠?

네, 시곗줄이더라고요. 금빛으로 반짝이는 시곗줄! 델라의 머리핀을 사느라 팔아 버린 제 시계에 딱 어울리는 시곗줄이요.

사랑스럽게 웃고 있는 델라를 향해 저도 미소를 지어 주었어요.

"여보, 이건 내가 쓰기에 지나치게 좋은 선물이에요."

머뭇거리는 저를 델라가 이상하게 쳐다보았어요. 그래서 곧 사실대로 고백했지요.

"여보, 사실 나도 당신에게 좋은 선물을 해 주고 싶어서 돈을 마련하기 위해 내 시계를 팔아 버렸어요."

결국 우리는 그날 저녁을 맛있게 먹으며 다음 크리스마스에는 선물을 제대로 주고받기로 했어요.

이제 아시겠지요? 제가 무엇 때문에 머뭇거리고 있는지요. 이번 크리스마스에는 무엇을 선물해야 좋을지, 델라는 나를 위해 무엇을 준비할지 걱정되는 게 당연하잖아요.

크리마스 선물, 어떻게 하면 좋을까요? 그리고 작년에 우리가 주고받은 것은 과연 선물이었을까요?

● ㄱㅂㅎㄷ(ㄱㅂㅎㅈㅇ) : 마음속에 생각하고 있는 것을 사실대로 말하다.

작년 크리스마스에 제임스와 델라에게 있었던 일이야.
그림을 보고 **제임스와 델라의 속마음을 짐작해서 써 봐.**

간추리기2 무엇을

제임스와 델라가 크리스마스 선물로 주고받은 것을 표로 정리했어.
빈칸에 알맞은 내용을 넣어서 완성해 봐!

제임스		델라
	가진 것	
	필요한 것	
	주고 싶은 것	
	잃은 것	
	얻은 것	

당신을 위해 준비했어요.

시계와 머리핀

다음 해, 제임스는 시계를 되찾고 델라는 머리가 자라서 머리핀을 사용할 수 있게 되었어. 제임스와 델라가 **시계와 머리핀에 의미 있는 말을 새긴다면 어떤 말일지 써 봐.**

짚어보기2 ## 크리스마스 뉴스

제임스와 델라 이야기가 뉴스에 나왔어. 앵커는 이들의 이야기를 뉴스에 어떻게 소개할까? **뉴스 화면에 들어갈 자막을 쓰고 앵커의 말을 이어서 써 봐.**

세상 어디에서도 찾을 수 없는 감동적인 크리스마스 선물이 있다고 해서 찾아가 봤습니다. 바로 뉴욕에 살고 있는 제임스와 델라가 주인공입니다.
이들은 크리스마스이브에 선물을 주고받았는데요,

산타 선물

이번 크리스마스에는 산타클로스가 제임스와 델라에게 선물을 주려고
해. **어떤 선물이 좋을지 그려 보고, 왜 그 선물이 좋은지 설명을
써 봐.**

이야기를 읽으면서 어떤 낱말을 떠올리면 좋을까? **생각나는 낱말을 쓰고 예쁘게 색칠해서 크리스마스트리를 밝혀 봐.**

크리스마스 선물

세월이 흘러 할아버지 할머니가 된 제임스와 델라는 옛날에 있었던 크리스마스 선물 사건을 어떻게 기억할까? 제임스와 델라의 마음이 잘 드러나도록 **빈 곳에 이야기를 써 봐.**

| 델라 | 곧 크리스마스라서 그런가 옛날에 있었던 일이 생각나네요. |

| 제임스 | 맞아요, 나도 그때를 생각하고 있었어요. |

| 델라 | 여보, 그때 우리가 서로에게 준 게 선물이 맞는 걸까요? |

| 제임스 | |

그때 이후로 나는 선물에 대한 생각이 달라졌어요.

| 델라 | 나도요. 선물은 무엇을 주느냐보다 어떤 마음으로 주느냐가 더 중요한 것 같아요. |

| 제임스 | |

보고하기 기사문

제임스와 델라 이야기를 신문 기사에 실으려고 해.
이야기를 잘 정리해서 기사문을 써 봐.

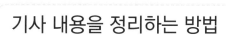

기사 내용을 정리하는 방법

1
제목은 내용을 잘 전달하면서도 관심을 끌 수 있도록 지어 봐.

2
언제 어디에서 누가 무엇을 했는지 밝혀.

3
어떻게 그렇게 되었는지 정리해.

4
왜 그러한 일이 일어났는지 확인해.

제목 :

어휘다지기 **제임스 뒤풀이**

제임스가 낱말 퀴즈 뒤풀이를 열었어. 낱말 퀴즈를 풀어서 가리사니 힘을
다져 보자고. **요지카를 보면서 문제를 풀어 봐.**

1 크리스마스 카드를 읽는데 눈송이가 떨어져서 글자가 안 보여요. 빈 곳에 들어갈
알맞은 글자를 요지카에서 찾아 써 보세요.

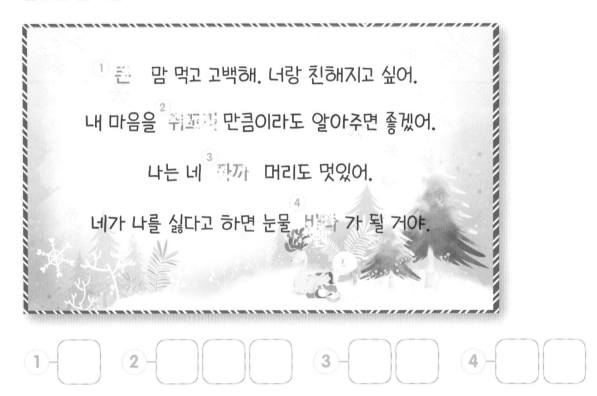

① □ 맘 먹고 고백해. 너랑 친해지고 싶어.

내 마음을 ② □□ 만큼이라도 알아주면 좋겠어.

나는 네 ③ □□ 머리도 멋있어.

네가 나를 싫다고 하면 눈물 ④ □□ 가 될 거야.

① □ ② □□ ③ □□ ④ □□

2 시계 뚜껑에 쓰인 문장에서 틀린 글자가 있어요. 틀린 글자에 X표 하고 낱말을 바
르게 고쳐 써 주세요.

혜영이는 가게에
전열된
장난감을 사달라고
떼를 쓴다.

□ □ □

선물을 받아서
기뻤지만 한편으로는
야릇한 기분이
들었다.

□ □ □

3 숨은 낱말 찾기! 뜻풀이와 어울리는 낱말을 선물 상자에 쓰인 글자에서 찾아 써 보세요.

마음속에
숨기고 있는 것을
사실대로 다
말하는 것

백설공주에게
보내는 고구마

갑자기
놀라거나 겁에
질려서 숨이
막힐 듯한 것

이야기는 즐겁게
도란도란

어떤 일에
실제로 이르러

마지막
상자

4 머리핀에 상표가 달렸는데, 받침이 빠졌어요. 받침을 넣어서 상표 이름을 맞혀 보세요.

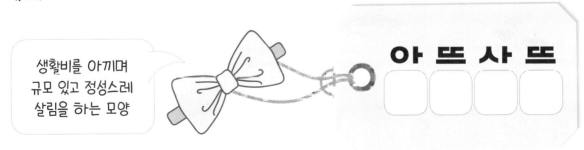

생활비를 아끼며
규모 있고 정성스레
살림을 하는 모양

아 뜨 사 뜨

가라사대왕님, 궁금한 게 있어요! **세상은 요지경**이라는 말이 무슨 뜻이에요?

너, 어디서 들었니?

어른들이 그러던데요! 뭔가 묘한 일이 벌어졌을 때 그러는 것 같았어요.

음, 맞아. 알쏭달쏭해서 이해하기 어려운 일이나 형편을 두고 하는 말이지. 역시 뿌토구나!

하..뭘요..

근데요, 그 **요지경**이 우리 이야기나라의 보물, 요지경인가요?

그렇지, 하나를 가르치면 둘을 깨치는구나! 요지경은 원래 장난감이야. 돋보기 장치를 들여다보면 여러 가지 재미있는 그림이 펼쳐진단다.

아, 그렇구나, 근데 왜 요지경이에요?

ㅋㅋㅋ

생각해 보니, 그걸 알려 준 적이 없구나. 이참에 말해 주지. 요지경의 요지는 옥구슬 연못을 뜻하고, 경은 거울이라는 뜻이야.

아···

으… 뭔가 어렵다….

끙 끙 음…

요지는 서왕모라는 신선이 사는 아름다운 곳이야. 무척 신비해서 보고 있기만 해도 황홀하대. 그래서 요지를 보는 것 같은 재미를 줘서 요지경이라고 이름한 거야!

짠_

오호, 그렇게 깊은 뜻이…. 전 요지라고 해서 '말이나 글 따위에서 핵심이 되는 중요한 내용'을 뜻하는 것인 줄 알았다니까요!

험, 그런 깊은 뜻도 생각해서 이름한 거야.

역시 나야!

음, 그런데 가라사대왕님, 그럼 요지경은 서왕모의 것이잖아요? 어떻게 이야기나라의 보물 창고에 오게 되었어요?

음…

그건 말이야… 궁금하면 다음 편을 보라고…!

스윽

아니, 가라사대왕님! 정말 세상은 요지경이라더니 이러실 거예요?

울컥

ㅋㅋㅋㅋ…

123

MEMO

진짜진짜

독서논술

6권

가이드북

가이드북 활용법

　진짜진짜 독서논술의 모든 활동은 논리적인 사고력을 바탕으로 창의적 문제해결력을 기르는 데 목적이 있습니다. 그렇기에 답이 하나로 정해진 경우보다 다양하게 해석 가능한 경우가 많습니다. 중요한 것은 자신의 생각에 논리적 설득력을 갖추는 것입니다. 모두 답이 될 수 있다는 열린 마음으로 활동을 바라봐 주시고, 아이들의 생각을 들어주세요.

　정확하게 답으로 나와야 하는 질문에는 **답**으로 표시했고, 다양한 반응이 나올 수 있는 질문에는 **예**로 표시했습니다. 답이 다양하게 나올 수 있는 질문들은 예로 제시한 내용을 바탕으로 아이들의 생각이 체계적으로 흘러가는지 주의 깊게 바라봐 주시면 됩니다.

　답이나 **예**외에 ✚ 표시로 들어간 내용들은 더 생각해 봐야 할 이유나 근거를 아이들이 어떻게 제시할 수 있는지 예상한 것입니다. 이 내용을 바탕으로 더 깊이 있는 생각을 이끌어 낼 수 있도록 지도해 보세요.

　문제와 활동 옆에는 **해설**을 달아서 출제 의도와 문제 유형을 해석해 놓았고, 더불어 지도 방법을 적어 놓았습니다. 가정에서 아이들을 지도하는 데 참고해 주세요.

　진짜진짜 독서논술로 '토닥토닥 마음껏 토론'하며 성장해 나갈 아이들의 모습을 기대해 봅니다.

준비하기   20p

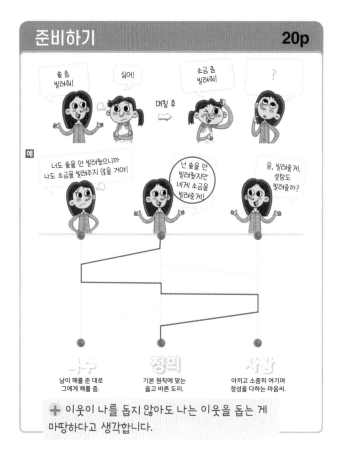

불의	정의	사랑
남이 해를 준 대로 그에게 해를 줌.	기본 원칙에 맞는 옳고 바른 도리.	아끼고 소중히 여기며 정성을 다하는 마음씨.

➕ 이웃이 나를 돕지 않아도 나는 이웃을 돕는 게 마땅하다고 생각합니다.

[해설] 20p

정의로운 행동이 무엇이라고 생각하는지 짚어볼 수 있는 활동입니다. 무엇을 선택하든 아이들의 생각을 존중해 주시고 왜 그렇게 행동할 것인지 이유를 더 말할 수 있도록 지도해 주세요.

요지카 낱말 등급   17~18p

쓰라리다	★★☆☆☆	맞바꾸다	★★★☆☆
헐값	★★★☆☆	앙갚음	★★★★☆
묵다	★★☆☆☆	덥석	★★★★☆
능청	★★★☆☆	능글맞다	★★★★★
들통	★★★★☆	십상	★★★★★

들어보기   22~32p

● ㅆㄹㄹㄷ(ㅆㄹㄹ)

아휴, 아직도 똥구멍이 **쓰라려**!

● ㅁㅂㄲㄷ(ㅁㅂㄲㄹㄱ)

따로 모아 놓은 꿀을 가지고 양식과 **맞바꾸려고** 찾아간 거지.

● ㅎㄱ

꿀을 **헐값**에 꿀꺽해야겠다는 마음을 먹은 거지.

● ㅇㄱㅇ

아저씨는 억울하고 화가 나서 **앙갚음**을 하기로 마음먹었어.

● ㅁㄷ(ㅁㅇ)

너에게 판 꿀은 **묵은** 것이지만,

● ㄷㅅ

조카는 탐이 나서 **덥석** 나를 사겠다고 했어.

● ㄴㅊ

아저씨는 안 된다고 **능청**을 떨었지.

● ㄴㄱㅁㄷ(ㄴㄱㅁㅇ)

아저씨가 그렇게 **능글맞은** 줄은 그때 처음 알았다니까.

● ㄷㅌ

들통나지 않았냐고?

● ㅅㅅ

도시처럼 날씨가 따뜻한 곳에서는 그냥 똥강아지로 변하기 **십상**이야.

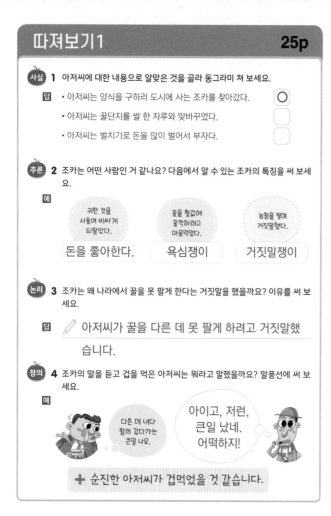

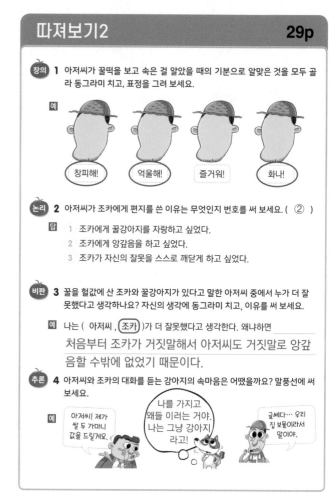

해설

25p

1. 이야기를 잘 이해하고 있는지 확인해 보는 사실적 질문입니다. 답을 정확하게 쓸 수 있도록 지도해 주세요.

2. 인물의 말과 행동을 통해 특징을 파악해 보는 추론 활동입니다. 제시된 행동 외에 또 다른 행동을 보고 특징을 더 생각할 수 있습니다.

3. 조카의 거짓말이 어떤 의도로 이루어진 것인지 이유를 써보는 활동입니다. 답과 비슷한 내용을 썼는지 살펴봐 주세요.

4. 상황에 맞는 인물의 대사를 생각해서 개성 있게 표현하는 활동입니다. 아저씨라면 어떤 대답을 했을지 구체적으로 표현하면 좋습니다.

29p

1. 속은 걸 알게 되었을 때 아저씨 기분을 표현할 수 있는 낱말을 고르고 표정을 그려보는 활동입니다. 감정에 어울리는 표정을 표현할 수 있으면 좋습니다.

2. 이야기에 편지를 보낸 이유가 정확하게 나와 있습니다. 다른 걸 답으로 선택한다면 왜 그렇게 생각하는지 이유를 물어봐 주시고, 설득력 있는지 들어봐 주세요.

3. 아저씨와 조카 둘 다 거짓말을 했는데, 누가 더 잘못했는지 따져보는 활동입니다. 더 잘못했다고 생각하는 이유를 쓸 수 있도록 지도해 주세요.

4. 주어진 상황에서 등장인물이 어떤 마음일지 말풍선으로 표현해 보는 활동입니다. 서술자가 강아지이므로 강아지의 감정을 잘 파악해서 표현했는지 살펴봐 주세요.

1장 똥강아지 꿀강아지

따져보기3 31p

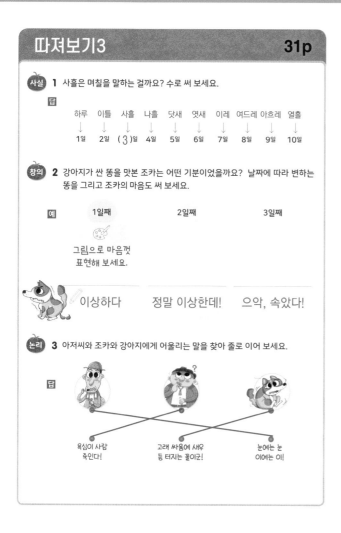

사실 1 사흘은 며칠을 말하는 걸까요? 수로 써 보세요.

답

하루	이틀	사흘	나흘	닷새	엿새	이레	여드레	아흐레	열흘
↓	↓	↓	↓	↓	↓	↓	↓	↓	↓
1일	2일	(3)일	4일	5일	6일	7일	8일	9일	10일

창의 2 강아지가 싼 똥을 맛본 조카는 어떤 기분이었을까요? 날짜에 따라 변하는 똥을 그리고 조카의 마음도 써 보세요.

예 1일째   2일째   3일째

그림으로 마음껏 표현해 보세요.

이상하다   정말 이상한데!   으악, 속았다!

논리 3 아저씨와 조카와 강아지에게 어울리는 말을 찾아 줄로 이어 보세요.

답

욕심이 사람 죽인다!   고래 싸움에 새우 등 터지는 꼴이군!   눈에는 눈 이에는 이!

따져보기4 33p

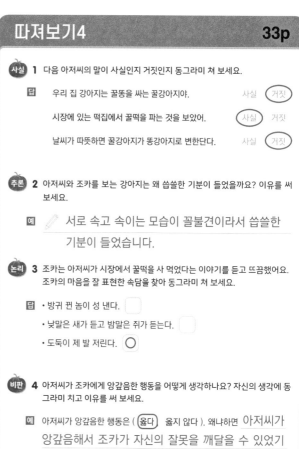

사실 1 다음 아저씨의 말이 사실인지 거짓인지 동그라미 쳐 보세요.

답 우리 집 강아지는 꿀똥을 싸는 꿀강아지야.   사실 (거짓)

시장에 있는 떡집에서 꿀떡을 파는 것을 보았어.   (사실) 거짓

날씨가 따뜻하면 꿀강아지가 똥강아지로 변한단다.   사실 (거짓)

추론 2 아저씨와 조카를 보는 강아지는 왜 씁쓸한 기분이 들었을까요? 이유를 써 보세요.

예 서로 속고 속이는 모습이 꼴불견이라서 씁쓸한 기분이 들었습니다.

논리 3 조카는 아저씨가 시장에서 꿀떡을 사 먹었다는 이야기를 듣고 뜨끔했어요. 조카의 마음을 잘 표현한 속담을 찾아 동그라미 쳐 보세요.

답 · 방귀 뀐 놈이 성 낸다. ☐
· 낮말은 새가 듣고 밤말은 쥐가 듣는다. ☐
· 도둑이 제 발 저린다. ◯

비판 4 아저씨가 조카에게 앙갚음한 행동을 어떻게 생각하나요? 자신의 생각에 동그라미 치고 이유를 써 보세요.

예 아저씨가 앙갚음한 행동은 ((옳다) 옳지 않다). 왜냐하면 아저씨가 앙갚음해서 조카가 자신의 잘못을 깨달을 수 있었기 때문이다.

해설

31p

1. 한글로 날짜를 세어보는 활동입니다. 많이 쓰이는 낱말이므로 수로 바꾸어 세어보면서 기억할 수 있도록 지도해 주세요.

2. 이야기에 나온 꿀똥이 무엇인지 궁금해 할 수 있습니다. 직접 꿀똥을 그려보고, 꿀똥이 나오기를 기다리는 조카의 마음이 어떻게 변해가는지 표현해 볼 수 있습니다.

3. 각 인물과 인물이 처한 상황을 잘 표현할 수 있는 관용구와 속담을 찾아 연결해 보는 활동입니다. 정확하게 답을 찾을 수 있도록 지도해 주세요.

33p

1. 이야기를 잘 이해하고 있는지 확인해 보는 사실적 질문입니다. 정확한 답을 찾았는지 살펴봐 주세요.

2. 강아지의 마음을 짐작해 보는 활동입니다. 꼴불견이라는 말을 모를 수 있으므로 문맥적으로 어떤 의미일지 생각해 보면 좋습니다.

3. 거짓말한 것을 들킨 조카가 어떤 마음인지 어울리는 속담으로 연결해 보는 활동입니다. 먼저 답을 찾은 후 속담의 정확한 뜻을 알려주면 좋습니다.

4. 아저씨의 앙갚음이 옳은 행동인지 비판해 보는 활동입니다. 자신이 아저씨였다면 어떻게 했을지 생각해 보고 답해 볼 수 있도록 지도해 주세요.

간추리기1 34p

간추리기1 연관 검색어

꿀강아지를 인터넷에서 검색했더니 함께 뜨는 연관 검색어가 줄줄이 나오네. 보기를 참고해서 연관 검색어를 써 봐.

꿀강아지를 검색하면 뭐가 나올까요?

보기 아저씨와 조카, 석청, 보리쌀 한 자루, 똥꼬, 꿀떡, 쌀 두 가마니, 똥강아지, 꿀똥, 서울, 날씨, 시장, 떡집, 양식, 심상

예

꿀강아지

🔍 꿀강아지 똥강아지

🔍 꿀강아지 꿀똥 싸기

🔍 꿀강아지를 사고판 아저씨와 조카

간추리기2 35p

간추리기2 꿀똥강아지

강아지가 지켜보았던 일을 SNS에 올리려고 해. 많은 이들이 쉽게 찾아볼 수 있도록 사진 내용을 설명하는 글을 써 봐.

예

꿀을 팔면 안 된다고 거짓말하는 욕심쟁이 조카.

꿀강아지를 사고 싶어서 안달이 난 조카.

꿀똥을 기다리지만 그냥 개똥만 싸는 강아지.

아저씨에게 속은 걸 알게 된 조카.

34p

이야기의 중심 낱말을 이용해서 내용을 정리해 보는 활동입니다. 제시된 중심 낱말 외에도 다양한 낱말을 연상할 수 있으므로 연관 검색어에 충분히 표현해 볼 수 있도록 지도해 주세요.

35p

이야기의 주요 사건을 그림 설명으로 정리해 보는 활동입니다. 어떤 사건이 있었는지 다시 한번 상기해 볼 수 있습니다.

짚어보기1 36p

짚어보기1 꿀똥보증서

아저씨는 조카에게 꿀강아지를 팔면서 꿀똥품질보증서를 내밀었대. 보증서에 어떤 내용이 들어가면 좋을지 생각해서 써 봐.

예

꿀똥품질보증서

NO. 31636775

이 꿀똥은 꿀강아지가 싼 100% 순수 꿀똥임을 보증합니다.

꿀똥 품질 등급: 1등급
싼 날짜: 어제
싸기 전 먹은 것: 꿀
냄새: 달콤한 냄새　색깔: 황금색
무게: 50g　맛: 꿀맛
가격: 쌀 한 가마니

서명(사인) 꿀강아지

짚어보기2 37p

짚어보기2 되팔기

조카는 꿀강아지를 되팔기 위해 광고까지 만들어 놓았대. 물론 팔지 못했지만. 광고지에 어떤 내용이 들어갔을지 생각해 보고 글과 그림으로 표현해 봐.

글과 그림으로 마음껏 표현해 보세요.

이름:
가격:
판매자:

36p

진짜 꿀강아지가 있어서 꿀똥을 판다면 어떨까요? 가상의 꿀똥품질보증서를 꾸며보면서 사람들이 어떤 반응을 보일지 상상해 볼 수 있습니다.

37p

꿀강아지를 어떻게 홍보해야 사람들의 관심을 끌 수 있을까요? 관심이 될 만한 내용을 글과 그림으로 마음껏 꾸며보는 활동입니다.

짚어보기3　　　　　　38p

짚어보기3 진술 조서

화가 난 조카는 아저씨를 경찰에 고발했어요. 경찰이 조카를 불러다가 피해자 진술을 시켰는데, 조카는 어떤 말을 했을까? **진술 조서의 내용을 써 봐.**

예

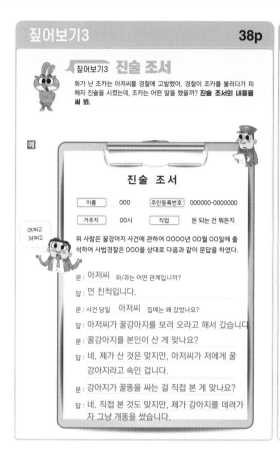

진술 조서

이름	000	주민등록번호	000000-0000000
거주지	00시	직업	돈 되는 건 뭐든지

위 사람은 꿀강아지 사건에 관하여 0000년 00월 00일에 출석하여 사법경찰은 000을 상대로 다음과 같이 문답을 하였다.

문 : 아저씨 와/과는 어떤 관계입니까?
답 : 먼 친척입니다.

문 : 사건 당일 아저씨 집에는 왜 갔었나요?
답 : 아저씨가 꿀강아지를 보러 오라고 해서 갔습니다.

문 : 꿀강아지를 본인이 산 게 맞나요?
답 : 네. 제가 산 것은 맞지만, 아저씨가 저에게 꿀강아지라고 속인 겁니다.

문 : 강아지가 꿀똥을 싸는 걸 직접 본 게 맞나요?
답 : 네. 직접 본 것도 맞지만, 제가 강아지를 데려가자 그냥 개똥을 쌌습니다.

짚어보기4　　　　　　39p

짚어보기4 무슨 죄가

경찰이 아저씨뿐만 아니라 조카와 강아지에게도 죄가 있다고 여겨, 이들 모두를 조사했어. **경찰이 찾아낸 이들의 죄는 무엇인지 쓰고, 적당한 벌을 내려 봐.**

예

이 사람의 죄는
🖊 나라에서 꿀을 못 팔게 한다고 거짓말한 것입니다.

죄에 해당하는 벌은
🖊 사기를 친 것이니 아저씨에게 10배로 보상해야 합니다.

이 사람의 죄는
꿀강아지가 있다고 거짓말한 것입니다.

죄에 해당하는 벌은
사기를 친 것이니 조카에게 10배로 보상해야 합니다.

이 동물의 죄는
조카가 개똥을 먹는 걸 보고만 있었던 겁니다.

죄에 해당하는 벌은
없습니다. 강아지는 조카를 말릴 수 없었을 겁니다.

짚어보기5　　　　　　40p

짚어보기5 계산서

조카와 아저씨는 무엇을 잃고 무엇을 얻었을까? **이들이 잃은 것과 얻은 것을 쓰고, 누가 더 손해를 보았는지 동그라미 쳐 봐.**

예

	도시 조카	시골 아저씨
얻은 것	꿀 한 단지	보리쌀 한 자루
	꿀강아지	쌀 열 가마니
잃은 것	보리쌀 한 자루	꿀 한 단지
	쌀 열 가마니	똥강아지
	아저씨	조카

누가 더 손해를…

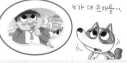

➕ 조카는 쌀 열 가마니도 잃고 아저씨도 잃어서 더 손해를 본 것 같습니다. 조카가 산 꿀강아지는 사실 진짜 꿀강아지가 아니니까 결국에는 손해라고 볼 수 있습니다.

보고하기　　　　　　41p

보고하기 시 쓰기

강아지는 속고 속이는 사람들이 너무 꼴불견이어서 같이 살고 싶지 않나 봐. **강아지의 입장이 되어서 마음이 잘 드러나도록 시를 써 봐.**

겪은 일을 시로 표현하려면

1 기억에 남는 일을 떠올려요.
2 떠올린 기억을 정리해요.
3 정리한 내용을 시로 표현해요.

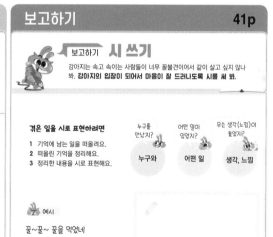

누구를 만났지? → 누구와
어떤 일이 있었지? → 어떤 일
무슨 생각(느낌)이 들었지? → 생각, 느낌

🐰 예시

꿀~꿀~ 꿀을 먹었네

또 또 또 먹었네

계속 먹었네

꾸르륵~ 꿀똥이 나오네

첫, 나보고 꿀강아지라고?

기가 막혀서

꿀먹은 벙어리가 아니라 강아지가

되었지

글로 마음껏 표현해 보세요.

해설

38p

조카의 잘못을 더 짚어보기 위해 질문과 답을 만들어 보는 활동입니다. 경찰의 질문에 따라 조카의 답이 달라질 수 있으므로, 이야기 내용에 맞는 질문을 쓸 수 있으면 좋습니다.

39p

등장인물의 행동에서 잘못된 것이 무엇인지 찾고 잘못에 대한 벌을 내려보는 활동입니다. 강아지는 잘못이 있는지 없는지까지 생각해 보면서 이야기를 더 자세하게 분석해 볼 수 있습니다.

40p

등장인물이 무엇을 잃고 얻었는지 따져보면서 앙갚음을 했을 때 돌아오는 결과가 만족스러울지 예상해 보는 활동입니다. 얻은 것과 잃은 것이 무엇인지 정확하게 쓸 수 있도록 지도해 주세요.

41p

강아지의 마음이 잘 드러나도록 시를 써봅니다. 예시에 나온 시를 참고해서 쓸 수 있도록 지도해 주세요.

똥강아지 뒤풀이

똥강아지가 낱말 퀴즈 뒤풀이를 열었어. 낱말 퀴즈를 풀어서 가리사니 힘을 다져 보자고. **요지카를 보면서 문제를 풀어 봐.**

1 다음 문장에 공통으로 들어갈 수 있는 낱말을 요지카에서 찾아 써 보세요.

친구가 能 청 스럽게 웃는 걸 보니 뭔가 수상하다.

내 동생은 能 청 꾸러기야.

런닝맨 멤버들의 能 청 맞은 행동이 너무 재미있어요.

우리 중에서 최고의 能 청 이는 누구일까?

2 이야기에서 나온 낱말로 수수께끼를 만들었어요. 빈칸에 들어갈 낱말을 요지카에서 찾아 써 보세요.

꾼 것을 갚지 않는 것은 안 갚음이고
내가 커서 어버이 은혜를 갚는 것은 안갚음이고
남이 내 꿀떡을 먹으면
나도 남의 꿀떡을 먹어 버리는 것은

앙 갚 음

물건의 가치에 맞는 값은 제값이고
제값의 절반은 반값이고
너무 싸서 헐, 입이 딱 벌어지는 값은 무슨 값?

헐 값

3 보기에 나오는 낱말의 기본형을 쓰고 문장에 들어갈 알맞은 낱말을 써 보세요. 기본형은 낱말의 기본이 되는 형태를 말해요.

보기 쓰라려도 쓰라려서 기본형 **쓰라리다**

⇨ 종이에 베인 손가락이 쓰 라 려 서 너무 아파요.

⇨ 눈이 쓰 라 려 도 비비면 안 돼요.

보기 능글맞게 능글맞은 기본형 **능글맞다**

⇨ 그렇게 능 글 맞 게 웃는 모습이 제일 얄미워.

⇨ 네 능 글 맞 은 태도가 엄마를 더 화나게 했어.

보기 묵은 묵어서 기본형 **묵다**

⇨ 김치가 너무 묵 어 서 맛이 없다.

⇨ 일이 아주 쉬울 때는 묵 은 낙지 꿰듯 한다고 해.

4 똥강아지 이야기를 흥얼흥얼 노래로 만들어 불렀어요. 빈칸에 들어갈 알맞은 글자를 써 보세요.

똥강아지 똥 싸기 십 상　　　꿀강아지 밭을 때는 덥 석

똥강아지 꿀똥 싸면 이상　　　똥강아지 개똥 쌀 때는 이 녀석

꿀강아지 꿀똥 싸면 정상　　　잔꾀가 들통났을 때는 가시방석

해설

42~43p

요지카에서 다룬 어휘를 다시 한번 문제로 풀어보면서 어휘력을 기를 수 있습니다. 요지카를 보면서 문제를 풀 수 있도록 지도해 주세요.

2장 꾀와 거짓말

준비하기   46p

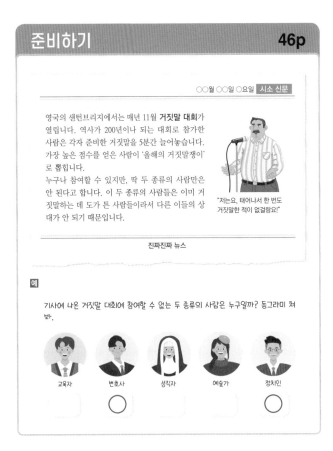

○○월 ○○일 ○요일 | 시소 신문 |

영국의 샌턴브리지에서는 매년 11월 **거짓말 대회**가 열립니다. 역사가 200년이나 되는 대회로 참가한 사람은 각자 준비한 거짓말을 5분간 늘어놓습니다. 가장 높은 점수를 얻은 사람이 '올해의 거짓말쟁이'로 뽑힙니다.
누구나 참여할 수 있지만, 딱 두 종류의 사람만은 안 된다고 합니다. 이 두 종류의 사람들은 이미 거짓말하는 데 도가 튼 사람들이라서 다른 이들의 상대가 안 되기 때문입니다.

"저는요, 태어나서 한 번도 거짓말한 적이 없을걸랑요!"

진짜진짜 뉴스

예

기사에 나온 거짓말 대회에 참여할 수 없는 두 종류의 사람은 누구일까? 동그라미 쳐 봐.

교육자   변호사   성직자   예술가   정치인

| 해설 | 46p

재미를 위한 거짓말이나 악의가 없는 거짓말은 허용될 수 있는지를 거짓말 대회를 통해 생각해 봅니다. 거짓말 대회에서는 변호사와 정치인은 대회 참가를 허용하지 않았던 적이 있었다고 합니다.

요지카 낱말 등급   활동지 19~20p

어기다	★★☆☆☆	헌신짝	★★★☆☆
팽개치다	★★☆☆☆	생떼	★★★★☆
우스갯소리	★★★★☆	무성하다	★★★★☆
아차	★★☆☆☆	허탕	★★★★☆
식은땀	★★★☆☆	교활하다	★★★★☆

들어보기   48~59p

● ㅇㄱㄷ(ㅇㄱ)
또 해를 두고 한 맹세를 **어긴** 것도 맞고요.

● ㅎㅅㅉ
연개소문이 저를 두고 약속을 **헌신짝** 버리듯이 팽개치는 신라 놈이라며 뭐라고 하는데요.

● ㅍㄱㅊㄷ(ㅍㄱㅊㄴ)
연개소문이 저를 두고 약속을 헌신짝 버리듯이 **팽개치는** 신라 놈이라며 뭐라고 하는데요.

● ㅅㄸ
원래 고구려 땅이라고 하면서 돌려주겠다고 약속하지 않으면 돌아갈 수 없다고 **생떼**를 부리더라고요.

● ㅇㅅㄱㄹ
선도해가 **우스갯소리**라면서 슬쩍 이야기 하나를 들려주었어요.

● ㅁㅅㅎㄷ(ㅁㅅㅎㄱ)
숲에는 온갖 나무가 **무성하고** 맛난 열매가 있으며 추위와 더위도 없는 곳이라고요.

● ㅇㅊ
아차, 토끼는 놀랐지만 곧 능청을 떨며 거짓말을 했답니다.

● ㅎㅌ
나야 뭐, 간이 없어도 살 수 있지만 너는 애써 한 일이 **허탕**이 될 텐데 ….

● ㅅㅇㄸ
등에서 **식은땀**이 줄줄 흘렀지만요.

● ㄱㅎㅎㄷ(ㄱㅎㅎ)
그 뒤로 연개소문과 고구려는 저를 두고 거짓말쟁이에 **교활한** 놈이라고 떠들어 댄답니다.

따져보기1   51p

사실 1 김춘추가 고구려로 간 이유는 무엇인가요? 알맞은 설명에 동그라미 쳐 보세요.

답
- 신라를 대표하는 사신으로서 거짓말을 하러 갔다. ☐
- 백제에 복수하기 위해 고구려의 힘을 빌리러 갔다. ⃝
- 대재가 신라의 땅임을 알려 주려고 갔다. ☐

사실 2 표현하는 내용과 어울리는 낱말을 찾아 선을 그어 보세요.

답

왕 다음가는 높은 자리 —— 보장왕

왕 노릇을 하는 장군 —— 대막리지

허수아비 왕 —— 연개소문

논리 3 연개소문과 보장왕의 생각은 어떻게 달랐나요? 빈칸에 알맞은 낱말을 쓰고 동의하는 의견에 V표 해 보세요.

예

✓ **보장왕** : 적의 적은 동 지 (이)니까 힘을 합쳐야겠다.

☐ **연개소문** : 고구려에 큰 걱 정 거 리 이/가 될 거니까 없애야겠다.

➕ 신라와 고구려가 힘을 합치면 서로에게 좋을 거 같습니다.

창의 4 생떼를 부린 경험을 이야기해 보고, 왜 그 행동이 생떼라고 생각하는지 써 보세요.

예 🖉 밥이 먹기 싫다고 라면을 끓여 달라고 생떼를 부렸습니다. 엄마가 밥을 다 차렸는데, 라면을 먹겠다고 하는 것은 억지라고 생각합니다.

따져보기2   53p

논리 1 대재를 내놓으라는 연개소문의 요구가 생떼라고 생각하나요? 자신의 생각에 동그라미 치고, 이유를 써 보세요.

예 연개소문의 요구를 생떼라고 (생각한다 , 생각하지 않는다). 왜냐하면
다른 나라가 차지하고 있는 땅을 마음대로 내놓으라고 하는 것은 억지이기 때문이다.

창의 2 혹 떼러 갔다가 혹 붙여 온 경험이 있나요? 어떤 경우였는지 그림으로 그려 보세요.

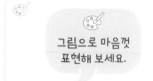

숙제하기 싫어서 배가 아프다고 했더니, 엄마가 아프니까 푹 쉬라며 내일 열리는 친구 생일 파티에도 가지 말래요.

그림으로 마음껏 표현해 보세요.

비판 3 베 삼백 필을 선물 받은 선도해의 행동을 어떻게 생각하나요? 자신의 생각에 동그라미 치고, 이유를 써 보세요.

예 선도해의 행동은 (옳다 , 옳지 않다). 왜냐하면 베 삼백 필은
선물이 아니라 뇌물이기 때문이다.

➕ 어떤 의도를 가지고 주는 물건은 선물이라고 보기 어렵습니다.

추론 4 선도해는 왜 김춘추가 여는 잔치에 갔을까요? 이유를 생각해서 써 보세요.

예 🖉 보장왕이 신라와 손을 잡고 싶어 하니까 보장왕을 대신해서 간 것 같습니다.

해설

51p

1. 인물의 의도를 정확하게 파악하고 있는지 확인해 보는 문제입니다. 이야기에서 답을 찾을 수 있습니다.

2. 이야기에 나온 내용을 토대로 인물과 인물에 대한 정보를 연결해 보는 사실적 질문입니다. 어려운 표현과 낱말을 문제를 풀면서 익힐 수 있습니다.

3. 문장에 들어갈 알맞은 낱말을 정확하게 쓴 다음, 누구의 의견에 동의하는지 물어보는 문제입니다. 동의하는 의견에 V표 한 후, 왜 동의하는지 이유도 물어봐 주세요.

4. 생떼를 부린 경험을 이야기해 보면서 무엇을 억지라고 할 수 있는지 기준을 정해 보는 활동입니다. 생떼라고 생각하는 이유를 정확하게 쓸 수 있도록 지도해 주세요.

53p

1. 주인공의 말과 행동을 논리적 근거를 들어 평가해 보는 문제입니다. 더불어 고구려와 신라의 관계를 살펴보며 역사적 배경 지식을 넓힐 수 있습니다.

2. 속담의 뜻을 문맥적 의미를 통해 이해하고 비슷한 경험을 그림으로 표현해 보는 활동입니다. 혹 떼러 갔다 혹 붙여 온다는 속담은 자기의 부담을 덜려고 하다가 다른 일까지도 맡게 된 경우를 이르는 말로, 이와 같은 경험이 있는지 함께 이야기해 보세요.

3. 다른 나라의 신하로부터 선물을 받으면 뇌물로 볼 수 있는지 생각해 보고, 인물의 행동을 비판해 보는 활동입니다. 공직자의 윤리 문제로 확장시켜서 생각해 보면 좋습니다.

4. 등장인물의 목적을 문맥적으로 파악해서 써보는 활동입니다. 정해진 답이 없지만 설득력 있게 쓸 수 있으면 좋습니다.

따져보기3 55p

추론 1 왜 선도해는 김춘추에게 우스갯소리를 들려주었을까요? 알맞은 생각을 찾아 번호를 써 보세요. (④)

답
1 김춘추가 갇혀 있으니까 기분을 풀어 주려고 들려주었다.
2 베를 선물로 받아서 고마운 마음에 들려주었다.
3 재미있는 이야기가 생각나서 들려주었다.
4 김춘추에게 살길을 알려 주려고 들려주었다.

논리 2 선도해의 이야기에서 토끼는 왜 거북이를 따라 바다로 갔을까요? 다음 문장에 알맞은 낱말을 넣어 이유를 써 보세요.

답
• 거북이가 듣기 좋은 (말)(으)로 꼬드겨서 넘어갔다.
• 바다 가운데 있다는 (섬)에서 아무 근심 없이 살고 싶었다.

사실 3 왜 거북이는 토끼에게 솔직하게 말하지 않고 좋은 말로 꼬드겼을까요? 거북이 입장이 되어서 말풍선에 써 보세요.

답

✏️ 솔직하게 말하면 토끼가 도망갈까 봐 좋은 말로 꼬드겼어.

비판 4 토끼를 꼬드긴 거북이의 행동을 어떻게 생각하나요? 자신의 의견에 동그라미 치고 이유를 써 보세요.

예 거북이의 행동은 (옳다 , (옳지 않다)). 왜냐하면
결국 토끼를 속이고 거짓말을 했기 때문이다.

➕ 아무리 다급해도 거짓말로 남을 속이는 행동은 나쁘다고 생각합니다.

따져보기4 57p

추론 1 간을 바위 위에 두고 왔다고 말하는 토끼의 마음은 어땠을까요? 알맞게 표현할 수 있는 낱말을 찾아 스티커를 붙여 보세요.

답

토끼의 마음은 | **조마조마** | 했습니다.

조마조마　　싱숭생숭　　알쏭달쏭

➕ 거짓말을 들킬까 봐 조마조마했을 거 같습니다.

비판 2 거북이와 토끼는 둘 다 거짓말을 했어요. 누가 더 나쁘다고 생각하나요? 나쁘다고 생각하는 만큼 색칠하고, 그렇게 생각한 이유를 말해 보세요.

예

0

➕ 거북이가 토끼를 꾀려고 처음부터 거짓말했으니 나쁩니다.
➕ 토끼는 살려고 거짓말한 것이니 어쩔 수 없다고 생각합니다.

창의 3 선도해가 들려준 이야기의 제목을 지어 볼까요? 어울리는 제목을 쓰고 왜 이런 제목을 붙였는지 말해 보세요.

예
✏️ 꾀와 거짓말

➕ 거북이와 토끼의 행동이 꾀인지 거짓말인지 헷갈려서 이 제목이 어울립니다.

논리 4 선도해의 이야기를 들은 김춘추는 무슨 생각을 했을까요? 빈칸에 알맞은 낱말을 써서 김춘추의 생각을 완성해 보세요.

답
오호라, 죽을 위기에 처한 (토끼)이/가 마치 나와 같구나. 그렇다면 나도 (토끼)처럼 거짓말을/를 해서 살길을 찾아야겠다.

해설

55p

1. 문맥적 의미를 파악해서 등장인물의 의도를 추론해 보는 문제입니다. 정독을 해서 정확한 답을 찾으면 좋습니다.

2. 토끼의 행동을 납득할 수 있는 이유를 찾아 논리적으로 설명하는 활동입니다. 정확한 낱말을 써서 이유를 명확하게 밝힐 수 있습니다.

3. 이야기에 나온 내용을 다시 확인해 보는 사실적 질문입니다. 답을 정확하게 쓸 수 있도록 지도해 주세요.

4. 거북이의 행동을 비판적으로 따져보는 문제입니다. 자신이 거북이였다면 어떻게 행동했을지 더 생각해 보면서 거짓말이 필요한 경우가 있는지도 이야기 나눠 보세요.

57p

1. 주인공의 감정을 짐작해 보고 감정을 나타낼 수 있는 낱말로 표현해 보는 문제입니다.

2. 주인공의 행동을 비교해서 누가 더 나쁘다고 생각하는지 비판해 보는 문제입니다. 어느 한쪽으로 치우치지 않고 양쪽 모두의 입장을 비판적으로 바라볼 수 있게 가치수직선에 생각의 정도를 나타내 봅니다.

3. 토끼전 이야기는 많이 알려졌지만, 새롭게 제목을 짓는다면 어떻게 할 건지 더 생각해 볼 수 있도록 지도해 주세요.

2. 선도해가 김춘추에게 살길을 열어주기 위해서 해준 이야기를 통해, 김춘추가 어떤 깨달음을 얻었을지 설명해 보는 문제입니다. 설명이 되어 있는 문장에 알맞은 낱말을 넣어 내용을 완성해 봅니다.

60p

이야기의 중심 낱말을 이용해서 내용을 정리해 보는 활동입니다. 각 인물과 잘 연결되는 낱말을 찾으면 좋습니다.

61p

그림을 보면서 주요 사건을 떠올리고 글로 정리해 보는 활동입니다. 이야기를 간추려 봄으로써 독해력도 높일 수 있습니다.

62p

김춘추 이야기와 토끼 이야기를 비교해서 공통적인 특성끼리 연결해 보는 활동입니다. 다소 어려울 수 있지만, 아는 것부터 연결해 나가면서 천천히 답을 찾을 수 있도록 지도해 주세요.

63p

다양한 등장인물과 사건이 복잡하게 얽힌 이야기에서 각 인물들의 잘잘못을 생각해 봄으로써 이야기가 전달하고자 하는 핵심 내용을 파악해 볼 수 있습니다.

짚어보기3   64p

짚어보기3 다른 이야기

선도해는 보장왕에게 또 다른 토끼와 거북이 이야기를 해 주었다. **이야기를 들은 보장왕은 돌아가겠다는 김춘추에게 뭐라고 답했을지 써 봐!**

짚어보기4   65p

짚어보기4 인물 카드

이야기에 나온 인물들의 인물 카드를 만들어 보자. 인물에 맞게 스티커를 붙이고 **어떤 내용이 담기면 좋을지 생각해서 써 봐.**

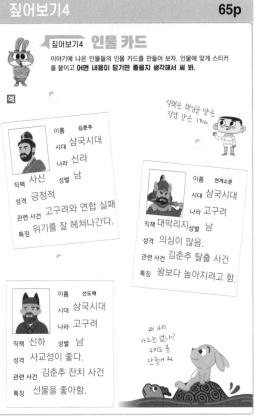

짚어보기5   66p

짚어보기5 꾀와 거짓말

김춘추가 한 일은 꾀일까, 거짓말일까? 이야기를 둘러싸고 있는 이들은 **어떻게 생각할지 스티커를 붙이고 네 생각도 써 봐.**

나는 김춘추가 한 일이 (꾀, 거짓말) (이)라고 생각한다.

✚ 죽을 위기에서 벗어나기 위해서 한 행동이기 때문입니다.

보고하기   67p

보고하기 일기

김춘추가 고구려에 살아 돌아온 날 일기를 썼다. 자신이 겪은 일을 어떻게 기록했을지 **김춘추가 되어서 일기를 써 봐.**

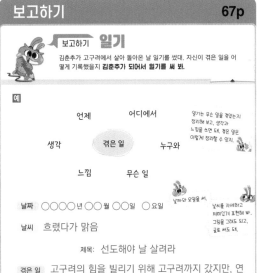

날짜 ○○○○년 ○○월 ○○일 ○요일

날씨 흐렸다가 맑음

제목: 선도해야 날 살려라

겪은 일 고구려의 힘을 빌리기 위해 고구려까지 갔지만, 연개소문이 우리 땅을 내놓으라고 생떼를 부렸다. 선도해의 도움으로 고구려를 무사히 빠져나왔다.

생각과 느낌 어떤 경우든지 살길은 열리니 어려운 일을 당해도 포기하지 않으면 된다는 생각이 들었다. 살기 위해 거짓말을 했으니 떳떳하다. 그래도 사람들이 거짓말쟁이라고 욕하면 상처가 될 것 같다.

해설

64p

토끼와 거북이 이야기를 다르게 각색한 걸 보장왕이 듣는다면 어떤 생각을 하게 될지 상상해 보고 보장왕의 생각을 말풍선에 써보는 활동입니다. 재치 있는 답변이 기대됩니다.

65p

각 등장인물의 주요 특징을 인물 카드로 만들어 보는 활동입니다. 인물의 특징을 파악하는 활동은 이야기가 전달하고자 하는 주제를 이해하는 데 도움을 줍니다.

66p

이야기에 등장하는 인물의 관점에서 김춘추의 행동을 어떻게 바라봐야 하는지 생각해 보는 문제입니다. 같은 행동이라고 해도 누가 어떤 상황에서 바라보느냐에 따라 다르게 해석할 수 있으므로 다양한 답이 나올 수 있습니다.

67p

등장인물이 되어서 일기로 써보는 독후활동입니다. 제시된 방법을 따라 체계적인 내용을 갖춰 일기를 쓸 수 있습니다.

어휘다지기 **김춘추 뒤풀이**

김춘추가 낱말 퀴즈 뒤풀이를 열었어. 낱말 퀴즈를 풀어서 가리사니 힘을 다져 보자고. **요지카를 보면서 문제를 풀어 봐.**

1 문장에 들어갈 낱말을 보기에서 찾아 쓰고, 낱말의 기본형을 써 보세요. 기본형은 낱말의 기본이 되는 형태를 말해요.

보기	팽개칠	팽개쳐서	팽개치고	팽개치면

- 숙제를 (팽개치고) 놀기만 하면 어떡하니?
- 약속을 (팽개치면) 안 돼.
- 말도 안 되는 약속이니 (팽개칠) 수밖에 없지.
- 가방을 (팽개쳐서) 엄마한테 혼났어.

기본형 **팽개치다**

보기	어기지	어기면	어길	어겨서

- 교통 신호를 (어기면) 감옥에 가나요?
- 약속 시간을 (어겨서) 혼났어.
- 규칙을 (어기지) 맙시다.
- 친구와 한 맹세는 (어길) 수 없어.

기본형 **어기다**

보기	교활하기로	교활함	교활한	교활하다고

- 네 (교활한) 마음을 누가 모를 줄 알고
- 흥, (교활하기로) 치자면 네가 앞서지.
- 나는 네 (교활함)과 꾀를 당할 수 없어.
- 사람들이 너를 (교활하다고) 비웃어도 어쩔 수 없을 거야.

기본형 **교활하다**

---

2 선도해의 재미있는 반대말 풀이를 보고 빈칸에 알맞은 낱말을 써 보세요.

무스갯소리 ⇨ 남을 우습게 하는 말이 **우ㅣ스갯소리** 라면, 남을 무섭게 하는 소리는 무스갯소리 아니겠어?

끓은땀 ⇨ 덥지도 않은데 흘리는 땀이 **식은땀** 이니까, 뜨거워서 흘리는 땀은 끓은땀 아니겠어?

죽은떼 ⇨ 당치도 않은 일에 떼쓰는 게 **생떼** 니까 마땅한 일에 떼를 쓰는 건 죽은떼 아니겠어?

3 연개소문이 너무 흥분한 나머지 말이 잘못 나왔어요. 잘못 말한 글자를 찾아 X표 하고 바르게 고쳐 써 보세요.

X차, 김춘추가 거짓말을 했구나!
이번 기회에 김춘추를 없앨 수 있었는데
아쉽게도 X탕을 치고 말았네.
약속을 X신짝처럼 버리는 고얀 놈!
다음에 또 만나면 가만두지 않겠다.

⇨ **아 차**
⇨ **허 탕**
⇨ **헌 신 짝**

해설

68~69p

요지카에서 다룬 어휘를 다시 한번 문제로 풀어보면서 어휘력을 기를 수 있습니다. 요지카를 보면서 문제를 풀 수 있도록 지도해 주세요.

138

3장 바보마을 고담

준비하기   72p

비단 장수가 피곤해서 망주석 앞에 비단 등짐을 놓고 잠이 들었어. 깨어나 보니 비단이 없었지. 비단 장수는 원님에게 달려가서 망주석이 비단을 훔쳐 갔다고 했어. 원님은 비단을 훔쳐 간 망주석을 데려다 곤장을 매우 쳤다. 그걸 지켜보는 사람들이 깔깔 웃었지. 원님은 화가 나서 웃는 사람 모두를 잡아넣었대. 풀어 주는 조건으로 비단을 가져오라고 했지. 이튿날 사람들이 너도나도 비단을 사다가 원님에게 바쳤어. 원님은 비단 장수에게 이 비단이 등짐에 있던 게 맞는지 물었지. 비단 장수가 맞다고 했지. 원님은 사람들에게 비단을 어디서 샀냐고 물었어. 사람들이 비단을 누구에게서 샀는지 말해 주었지. 원님은 그 사람을 비단 도둑으로 잡아넣었대. 도둑이 비단을 훔쳐서 마을 사람들에게 되팔았던 거지.

예

망주석이 내 비단을 훔쳐 갔어요. — 비단 장수

망주석을 매우 쳐라. — 원님

깔깔깔 진짜 바보 같다. — 마을 사람들

내가 훔쳐 간 걸 모르는구나. — 도둑

➕ 원님이 도둑을 잡으려고 일부러 망주석을 잡아들인 걸 모르는 도둑이 진짜 바보입니다.

해설 72p

재미있는 옛이야기를 읽고 누가 바보 같은 사람인지 생각해 보는 활동입니다. 앞으로 읽을 이야기에 대한 기대감을 높일 수 있습니다.

요지카 낱말 등급   활동지 21~22p

죄다	★★★★☆	날강도	★★★★☆
노발대발	★★★★☆	언덕배기	★★★★★
난생처음	★★★★★	절레절레	★★★★☆
되레	★★★★★	너스레	★★★★☆
수치	★★★☆☆	먹칠	★★★★★

들어보기   74~84p

• ㅈㄷ

게다가 왕은 제 마음에 드는 것이라면 **죄다** 빼앗는 날강도 같았어요.

• ㄴㄱㄷ

게다가 왕은 제 마음에 드는 것이라면 죄다 빼앗는 **날강도** 같았어요.

• ㄴㅂㄷㅂ

왕이 그만 **노발대발**하고 만 거예요.

• ㅇㄷㅂㄱ

기사들은 멀리 마을이 보이는 **언덕배기**에서 웬 노인들과 젊은이들을 만나게 되었어요.

• ㄴㅅㅊㅇ

오, 세상에! **난생처음** 알았네요!

• ㅈㄹㅈㄹ

기사들은 입을 딱 벌린 채 **절레절레** 머리를 흔들어 대기만 했답니다.

• ㄷㄹ

남자는 **되레** 기사가 바보 같다는 듯이 쏘아붙였답니다.

• ㄴㅅㄹ

기사님처럼 똑똑한 사람은 처음 본다고 **너스레**를 떨었어요.

• ㅅㅊ

이런 바보들을 상대하는 것은 기사 체면에 **수치**라고 생각해서 왕궁으로 발길을 돌렸답니다.

• ㅁㅊ

제가 제 얼굴에 **먹칠**한 것이 아닐까 하는 생각이 자꾸 들어요.

따져보기1　79p

 1 다음 중 글의 내용으로 알맞지 않은 문장을 찾아 X표 해 보세요.

답
- 고담 마을 사람들은 왕의 행차를 싫어한다. ☐
- 왕은 사람들의 물건을 빼앗는 욕심쟁이다. ☐
- 고담 마을 사람들은 모두 바보다. ✗

 2 왕이라면 원하는 물건을 마음대로 빼앗아도 될까요? 자신의 생각을 써 보세요.

예
　🖉 왕이라고 해도 남의 물건을 함부로 빼앗으면 안 됩니다. 그럴 권리가 없기 때문입니다.

 3 행차를 방해한 마을 사람들을 죽도록 때리라는 왕의 명령을 어떻게 생각하나요? 맞는 의견에 V표 하고, 이유를 써 보세요.

예
☐ 왕을 화나게 했으니 벌을 받아야지! ☑ 사람을 죽도록 때리는 건 옳지 않아!

　🖉 왕의 행차를 방해한 게 잘못일 수는 있지만 그래도 사람을 때리는 건 옳지 않습니다.

 4 바보짓을 하는 대신 기사들을 돌려보낼 수 있는 다른 방법은 없을까요? 좋은 방법을 생각해서 써 보세요.

예
　🖉 마을에 전염병이 돌고 있다고 거짓말을 해서 돌려보냅니다.

➕ 거짓말을 하는 게 조금 걸리지만 바보짓보다는 나을 것 같습니다.

따져보기2　81p

논리 **1** 마을 사람들이 바보 같은 행동을 하는 이유로 알맞은 것을 골라 동그라미 쳐 보세요.

답
- 바보와는 아무도 싸우려고 하지 않기 때문이다. ⭕
- 바보같이 행동하면 불쌍하게 생각하기 때문이다. ☐
- 바보짓이 재미있기 때문이다. ☐

사실 **2** 기사들이 뻐꾸기를 잡으려고 높은 담을 쌓는 게 바보같다고 생각한 이유를 써 보세요.

답
　🖉 아무리 높게 담을 쌓아도 뻐꾸기가 훌쩍 담을 넘기 때문입니다.

창의 **3** 기사가 마을 사람들에게 뻐꾸기 잡는 방법을 알려 주면 어떨까요? 여러분이 기사가 되어 좋은 방법을 그림으로 그려 보세요.

🎨

그림으로 마음껏 표현해 보세요.

79p

1. 내용을 잘 이해하고 있는지 확인하는 사실적 질문입니다. 답을 정확하게 찾았는지 살펴봐 주세요.

2. 왕의 행동을 뒷받침 내용을 써서 비판해 보는 문제입니다. 다양한 뒷받침 내용이 나올 수 있으므로 내용이 설득력 있는지 살펴봐 주세요.

3. 마을 사람들에게는 잘못이 없는지 더 따져보는 문제입니다. 비판적 태도를 갖추기 위해서 양쪽의 주장을 모두 살펴볼 수 있도록 예시 문장을 먼저 읽고 자신의 생각을 쓸 수 있도록 지도해 주세요.

4. 문제를 창의적으로 해결하기 위한 방안을 마련해 보는 문제입니다. 어떤 꾀가 적절한지 충분한 이유를 들어 설명할 수 있으면 좋습니다.

81p

1. 이야기를 읽으면서 마을 사람들의 의도를 이해하면 쉽게 답을 찾을 수 있습니다. 나아가 아무도 바보와 싸우려고 하지 않는 이유를 더 생각해 볼 수 있도록 질문해 주세요.

2. 등장인물의 생각을 이야기에서 찾아 쓰는 문제입니다. 이야기 내용을 토대로 답을 쓸 수 있도록 지도해 주세요.

3. 이야기의 내용과 연결지어 문제를 새롭게 인식해서 창의적인 해결 방안을 제시하는 활동입니다. 정해진 답이 없으므로 아이들의 생각을 존중해 주시고 마음껏 표현할 수 있게 해주세요.

따져보기3　83p

논리 1 도둑이 집에 들어오는 걸 막기 위해 남자가 생각한 방법은 무엇인가요? 빈 곳에 들어갈 내용을 문장으로 써 보세요.

답
- 우리 집에 큰돈이 있는데 여행을 가야 한다.
- 도둑이 돈을 훔쳐 갈 수도 있다.
- 문이 없으면 문을 열고 집 안으로 들어갈 수 없다.

➡ 그러므로 문짝을 등에 지고 가면 돈이 안전하다.

추론 2 만약 진짜 문짝이 없는 집을 도둑이 본다면 어떻게 생각할까요? 도둑의 생각을 짐작해서 써 보세요.

예

어? 문이 없네. 이게 웬 행운이냐!

창의 3 멀리 여행을 간다면 무엇을 가져가고 싶나요? 가져가야 할 것 중에서 가장 중요한 것 다섯 가지를 쓰고 이유를 말해 보세요.

예
- 스마트폰
- 돈
- 애착인형
- 엄마
- 아빠

➕ 애착인형이 없으면 잠을 못 자니 꼭 가져가야 합니다.

따져보기4　85p

논리 1 왜 기사들은 고담 마을 사람들을 상대하는 것이 수치스러운 일이라고 생각했나요? 알맞은 답에 동그라미 쳐 보세요.

답
- 기사로서 체면이 서지 않는 일이기 때문이다. ○
- 바보들에게 속았다는 사실을 깨달았기 때문이다. □
- 고담 사람들과 싸우면 기사들이 질 것 같기 때문이다. □

➕ 아무도 바보와 싸우려고 하지 않는다는 내용을 보면 체면이 서지 않는 일인 걸 알 수 있습니다.

추론 2 고담 마을이 바보 마을이라고 소문난 것에 대해 마을 사람들은 어떻게 생각할까요? 마을 사람들의 마음을 짐작해서 써 보세요.

예 우아, 성공이다!

➕ 고담 마을 사람들은 바보로 소문나기를 원했으니까 좋아할 겁니다.

비판 3 바보 작전은 성공한 걸까요, 실패한 걸까요? 바보 작전에서 잃은 것과 얻은 것을 쓴 다음, 성공과 실패 정도를 색칠해 보세요.

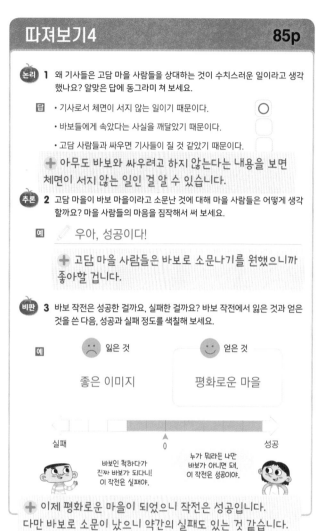

예

☹ 잃은 것　　😊 얻은 것

좋은 이미지　　평화로운 마을

실패　　　0　　　성공

바보인 척하다가 진짜 바보가 되다니! 이 작전은 실패야.

누가 뭐라든 나만 바보가 아니면 돼. 이 작전은 성공이야.

➕ 이제 평화로운 마을이 되었으니 작전은 성공입니다. 다만 바보로 소문이 났으니 약간의 실패도 있는 것 같습니다.

해설

83p

1. 등장인물의 생각을 문장으로 정리해 보면서 등장인물이 그렇게 행동한 까닭을 정확하게 이해해 보는 활동입니다. 답과 비슷한 내용을 썼는지 살펴봐 주세요.

2. 문이 없을 때 도둑이 일반적으로 보이는 반응은 무엇일지 따져보면서, 마을 사람들의 행동에서 상식적이지 않은 부분을 더 명확하게 알아볼 수 있는 질문입니다.

3. 여행 갈 때 꼭 챙겨가야 하는 중요한 게 무엇인지 생각해 보는 활동입니다. 정해진 답이 없으므로 마음껏 표현할 수 있도록 지도해 주세요.

85p

1. 체면이 서지 않는 일, 혹은 수치스러운 일은 아이들이 잘 쓰지 않는 표현이라서 어렵게 느껴질 수 있습니다. 문제를 풀면서 정확한 의미를 생각해 볼 수 있도록 지도해 주세요. 바보랑 말씨름하거나 다툰다면 어떻게 보일지 생각해 보도록 질문해 주세요.

2. 바보 작전이 성공해서 마을 사람들이 바보가 된다면 마을 사람들은 기분이 어떨지 생각해 보는 활동입니다. 기분이 좋을 수도 있고, 나쁠 수도 있습니다. 정해진 답이 없으니 그렇게 생각한 이유를 물어봐 주세요.

3. 바보 흉내를 내다가 진짜 바보가 되었다면 좋은 건지 나쁜 건지 따져보는 문제입니다. 생각을 더 구체화시킬 수 있게 잃은 것과 얻은 것을 쓴 다음 따져보도록 지도해 주세요.

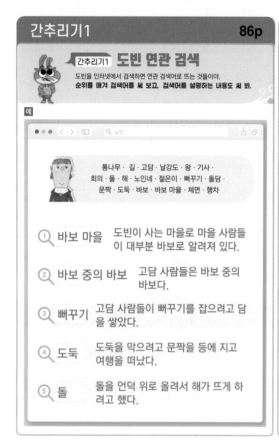

간추리기1 도빈 연관 검색

도빈을 인터넷에서 검색하면 연관 검색어로 뜨는 것들이야.
순위를 매겨 검색어를 써 보고, 검색어를 설명하는 내용도 써 봐.

예

통나무·길·고담·날강도·왕·기사
회의·돌·해·노인네·젊은이·뻐꾸기·돌담
문짝·도둑·바보·바보 마을·체면·행차

1 바보 마을 — 도빈이 사는 마을로 마을 사람들이 대부분 바보로 알려져 있다.

2 바보 중의 바보 — 고담 사람들은 바보 중의 바보다.

3 뻐꾸기 — 고담 사람들이 뻐꾸기를 잡으려고 담을 쌓았다.

4 도둑 — 도둑을 막으려고 문짝을 등에 지고 여행을 떠났다.

5 돌 — 돌을 언덕 위로 올려서 해가 뜨게 하려고 했다.

간추리기2 바보 마을 고담

고담 마을 사람들 이야기를 SNS에 올리려고 하는데 사진 설명이 필요해.
해시태그에 들어갈 글을 써 봐.

예

\# 통나무에 가로막혀 화를 내는 왕

\# 왕을 막기 위해 머리를 맞대다.

\# 바보 흉내내는 마을 사람들 진짜 바보라고 해도 믿겠다.

\# 바보 흉내내는 마을 사람들2 진짜 바보인가...?

\# 바보 흉내내는 마을 사람들3 문짝까지 짊어진 적극적 자세

\# 바보 중의 바보를 가만두기로 한 왕

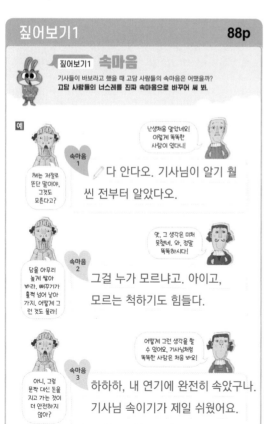

짚어보기1 속마음

기사들이 바보라고 했을 때 고담 사람들의 속마음은 어땠을까?
고담 사람들의 너스레를 진짜 속마음으로 바꾸어 써 봐.

예

속마음1 — 난생처음 알았네! 이렇게 똑똑한 사람이 있다니!
채는 저럴로 뜬단 말이야! 그것도 모른다고? / 다 안다오. 기사님이 알기 훨씬 전부터 알았다오.

속마음2 — 엇, 그 생각은 미처 못했네. 아, 정말 똑똑하시다!
담을 아무리 높게 쌓아 봐라. 뻐꾸기가 훌쩍 넘어 날아가지, 어떻게 그런 것도 몰라! / 그걸 누가 모르냐고. 아이고, 모르는 척하기도 힘들다.

속마음3 — 어떻게 그런 생각을 할 수 있어요, 기사님처럼 똑똑한 사람은 처음 봐요!
아니, 그럼 문짝 대신 돈을 지고 가는 것이 더 안전하지 않아? / 하하하, 내 연기에 완전히 속았구나. 기사님 속이기가 제일 쉬웠어요.

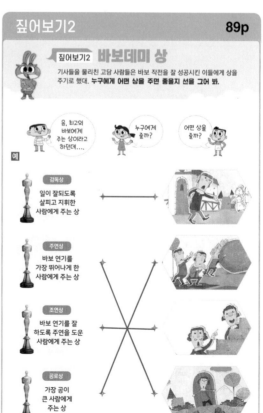

짚어보기2 바보데미 상

기사들을 물리친 고담 사람들은 바보 작전을 잘 성공시킨 이들에게 상을 주기로 했다. 누구에게 어떤 상을 주면 좋을지 선을 그어 봐.

예

음, 최고의 바보에게 주는 상이라고 하던데.... / 누구에게 줄까? / 어떤 상을 줄까?

감독상 — 일이 잘되도록 살피고 지휘한 사람에게 주는 상

주연상 — 바보 연기를 가장 뛰어나게 한 사람에게 주는 상

조연상 — 바보 연기를 잘 하도록 주연을 도운 사람에게 주는 상

공로상 — 가장 공이 큰 사람에게 주는 상

＋ 바위는 옮기기 어려우니 공로상은 이들에게 주면 좋겠습니다.

해설

86p

이야기에 나온 중요한 낱말을 모아놓고 순위를 매겨 본 후, 낱말과 관련 있는 이야기를 문장으로 정리해서 쓰는 활동입니다. 긴 이야기를 짧게 정리해 보면서 문장력을 기를 수 있습니다.

87p

이야기에 나온 중요한 사건들을 그림으로 다시 살펴보고 그림을 설명하는 문장을 써서 정리해 보는 활동입니다.

88p

마을 사람들 입장이 되어서 마음을 짐작해 보는 활동입니다. 바보라는 말을 들으면 마을 사람들이 어떤 기분이 들지 구체적으로 생각해 볼 수 있습니다.

89p

마을 사람들이 벌인 사건을 재미있게 평가해 보는 활동입니다. 바보 짓을 했던 사람들에게 어떤 상을 주면 좋을지 연결지어 보고 왜 그런 상을 주면 좋은지 이유도 설명하면 좋습니다.

짚어보기3　　　90p

짚어보기3　바보 도둑

기사가 문짝이 없는 집에서 도둑을 만났대. 물론 바보인 척하는 고담 사람이었지만. **이 사람은 어떻게 바보인 척했을지 써 봐.**

예

> 아니, 너 왜 거기서 서성대고 있는 거야?

> 이 집을 털러 온 도둑인데요….

✏️ 문짝이 없어서 들어가지 못하고 있어요. 큰일났네요. 주인이 없을 때 빨리 털어야 하는데 참 난감해요.

짚어보기4　　　91p

짚어보기4　얼굴에 먹칠

바보 작전은 왕과 도빈 중에서 누구의 얼굴에 더 먹칠을 한 걸까? **체면을 더 구겼다고 생각하는 만큼 얼굴에 먹칠을 해 봐.**

> 아무래도 도빈이 더…!

> 무슨 소리, 왕이 더…!

짚어보기5　　　92p

짚어보기5　바보 진선미

이야기에 나온 사람들이 얼마나 바보스러운지 점수를 매겨서 바보 **진·선·미**를 뽑을 거야. 빈칸에 스티커를 붙이고 그렇게 정한 까닭을 말해 봐!

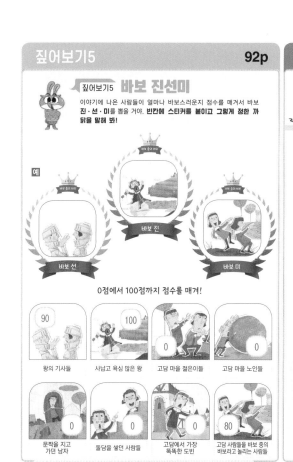

예

바보 선　　바보 진　　바보 미

0점에서 100점까지 점수를 매겨!

90	100	0	0
왕의 기사들	사납고 욕심 많은 왕	고담 마을 젊은이들	고담 마을 노인들

0	0	0	80
문짝을 지고 가던 남자	돌담을 쌓던 사람들	고담에서 가장 똑똑한 도빈	고담 사람들을 바보 중의 바보라고 놀리는 사람들

➕ 도빈과 마을 사람들은 바보가 아니니 0점을 주었습니다.

보고하기　　　93p

보고하기　독서 감상문

고담 사람들을 구하기 위해 도빈이 한 행동은 바보짓이었을까? **이야기를 읽고 어떤 생각이 들었는지 독서 감상문을 써 봐.**

예

제목:　**바보 작전**
-<바보 마을 고담>을 읽고-

> 네가 쓴 감상문에 어울리는 제목을 지어 봐.

책 내용
도빈과 마을 사람들은 왕의 기사들을 피하려고 바보인 척했다. 그랬는데 연기가 너무 완벽해서 진짜 바보 중의 바보라고 소문이 났다.

> 어떤 이야기인지 짧게 간추려 봐, 누가 무엇을 했고, 어떻게 되었는지.

생각
마을 사람들과 도빈은 바보가 아니라 오히려 더 똑똑하다는 생각이 들었다. 기발한 바보짓을 너무 잘 생각해 냈다.

> 어떤 생각이 들었는지 까닭과 함께 써 봐.

느낌
마을 사람들이 바보짓으로 기사들을 놀라게 할 때마다 너무 재미있었다. 이야기가 슬프지 않아서 좋다.

> 어떤 감정이 들었는지도 써 봐, 화나거나 슬프거나 가볍거나 즐거운 부분이 있니?

교훈
생각의 틀을 깨고 조금만 바꿔서 생각하면 어렵게 느껴졌던 것들이 오히려 단순해질 수도 있다는 걸 알게 되었다.

> 인물의 행동을 보면서 어떤 깨달음이 있니? 내가 너라면 어떻게 할까?

하고 싶은 말
도빈의 바보 작전은 마을 사람들을 위한 것이고, 결국 마을 사람들을 지켰으니 절대로 바보짓이 아니다. 그러니까 도빈아 걱정하지 마.

> 등장인물에게 하고 싶은 말을 써 봐, 도빈에게 무슨 말을 해 줘야 할까?

해설

90p
고담 마을 사람들처럼 재미있는 바보짓을 생각해 내는 활동입니다. 이야기에서는 바보짓이라고 하지만 사실은 역발상의 재치 있는 내용들이 담겨져 있습니다. 아이들이 독창적으로 생각을 펼치도록 지도해 주세요.

91p
얼굴에 먹칠하다는 말은 아이들이 잘 쓰지 않는 표현이지만 직접 먹칠을 해 보면서 재미있게 어휘를 익힐 수 있습니다.

92p
바보짓을 일부러 한 마을 사람들도 있지만 이들을 지켜보며 바보라고 손가락질한 사람들도 있는데, 이들 중에서 누구를 진짜 바보로 볼 수 있을지 생각해 보는 문제입니다.

93p
이야기를 읽고 든 생각을 독서감상문을 쓰면서 정리해 보는 활동입니다. 설명에 나온 대로 차근차근 써볼 수 있도록 지도해 주세요.

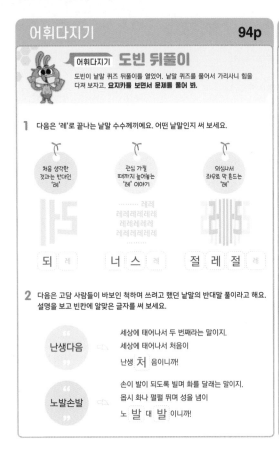

어휘다지기 94p

어휘다지기 도빈 뒤풀이

도빈이 낱말 퀴즈 뒤풀이를 열었어. 낱말 퀴즈를 풀어서 가리사니 힘을 다져 보자고. **요지카를 보면서 문제를 풀어 봐.**

1 다음은 '레'로 끝나는 낱말 수수께끼예요. 어떤 낱말인지 써 보세요.

처음 생각한 것과는 반대인 '레'

되 레

관심 가질 때까지 늘어놓는 '레' 이야기

너 스 레

외심나서 좌우로 막 흔드는 '레'

절 레 절 레

2 다음은 고담 사람들이 바보인 척하며 쓰려고 했던 낱말의 반대말 풀이라고 해요. 설명을 보고 빈칸에 알맞은 글자를 써 보세요.

"난생다음"
세상에 태어나서 두 번째라는 말이지.
세상에 태어나서 처음이
난생 처 음이니까!

"노발손발"
손이 발이 되도록 빌며 화를 달래는 말이지.
몹시 화나 펄펄 뛰며 성을 냄이
노 발 대 발 이니까!

어휘다지기 95p

3 고담 마을의 벽에 낙서도 일부러 틀리게 썼다고 해요. 틀린 글자에 X표 하고 낱말을 바르게 고쳐 써 보세요.

날 강 도   먹 칠   언 덕 배 기

4 다음은 고담 마을 사람들이 두 낱말을 섞어서 암호처럼 쓰는 말이에요. 비슷한 뜻을 가진 두 낱말을 풀어내어 써 보세요.

모조다리죄   얘들아, 지금 뭐라는 거야!   부럼수끄치

죄 다 = 모 조 리   수 치 = 부 끄 럼

해설

94~95p

요지카에서 다룬 어휘를 다시 한번 문제로 풀어보면서 어휘력을 기를 수 있습니다. 요지카를 보면서 문제를 풀 수 있도록 지도해 주세요.

4장 크리스마스 선물

준비하기   98p

나는 엄마 말이라면 늘 거꾸로 하는 청개구리였어. 엄마가 죽거든 꼭 냇가에 묻어 달라고 하시더라고. 엄마가 돌아가시자 엄마 말을 안 들었던 걸 후회했어. 그래서 엄마 말대로 냇가에 무덤을 만들어 드렸어. 에휴, 비가 오는 날이면 내가 개굴개굴 울어 대는 것은 그것 때문이야.

엄마 무덤이 떠내려갈까 봐. 그런데 나도 나를 꼭 빼닮은 딸이 있어. 그래서 내가 죽으면 딸에게 산에다 묻어 달라고 해야 할지, 냇가에 묻어 달라고 해야 할지 모르겠어. 내 딸도 내 말이라면 꼭 반대로 하거든. 나는 어떻게 해야 할까?

예

내가 죽거든…
꼭 늘 하던 대로 해야 한다. 엄마는 산보다 냇가가 더 좋아.

굴개굴개
굴개굴개

해설 98p

잘 알려진 청개구리 이야기를 읽고 자신이 청개구리라면 어떻게 문제를 해결할지 생각해 보는 활동입니다. 재치 있는 답변이 기대됩니다.

요지카 낱말 등급   활동지 23~24p

야릇하다	★★★★☆	알뜰살뜰	★★★☆☆
큰맘	★★★★☆	진열되다	★★★★☆
쥐꼬리	★★★☆☆	막상	★★★★☆
기겁하다	★★★★☆	까까머리	★★★☆☆
눈물바다	★★★★☆	고백하다	★★★☆☆

들어보기   100~110p

- ㅇㄹㅎㄷ(ㅇㄹㅎ)

뭐, 아무튼 작년 크리스마스에 **야릇한** 일이 있었어요.

- ㅇㄸㅅㄸ

늘 어렵지만 그래도 얼마나 **알뜰살뜰** 살림을 꾸려 나가는지 몰라요.

- ㅋㅁ

지난 크리마스에는 **큰맘** 먹고 좋은 선물을 샀어요.

- ㅈㅇㄷㄷ(ㅈㅇㄷ)

델라가 어느 상점에 **진열된** 예쁜 머리핀을 보고는 눈길을 떼지 못했어요.

- ㅈㄲㄹ

쥐꼬리만 한 월급으로는 두 식구 먹고살기에도 빠듯해서 저축한 돈도 없었고요.

- ㅁㅅ

머리핀을 **막상** 사고 보니 정말 예뻐서 사기를 잘했다는 생각이 들었어요.

- ㄱㄱㅎㄷ(ㄱㄱㅎㄱ)

저를 마중하는 델라를 보고 **기겁하고** 말았지요.

- ㄲㄲㅁㄹ

당신이 삭둑 자른 **까까머리**든 곱슬머리든 나는 상관없어요.

- ㄴㅁㅂㄷ

방 안이 **눈물 바다**가 될 정도로요.

- ㄱㅂㅎㄷ(ㄱㅂㅎㅈㅇ)

그래서 곧 사실대로 **고백했지요.**

사실 1 제임스와 델라가 가지고 있는 보물은 무엇인지 써 보세요.

답

제임스의 보물	델라의 보물
시계	머리카락

논리 2 제임스가 금시계를 팔아야 했던 이유는 무엇인가요? 문장에 알맞은 낱말을 써서 이유를 설명해 보세요.

답 · 델라에게 줄 머 리 핀 을/를 사고 싶었다.

　· 금 으로 된 값진 시계라서 팔면 돈을 마련할 수 있었다.

　· 쥐꼬리만 한 월 급 (이)라서 저축한 돈이 없었다.

 창의 3 크리스마스에 받고 싶은 선물을 그림으로 그리고, 그 선물이 왜 받고 싶은지 이유를 말해 보세요.

그림으로 마음껏 표현해 보세요.

➕ 제 스마트폰은 너무 옛날 거라 게임이 느려서 스마트폰을 받고 싶습니다.

비판 4 할아버지 대부터 물려받은 시계를 판 제임스의 행동을 어떻게 생각하나요? 자신의 생각에 동그라미 치고 이유를 써 보세요.

예 제임스가 (잘했다고, (잘못했다고)) 생각한다. 왜냐하면

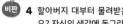 할아버지 대부터 물려받은 것이라서 소중히 간직해야 하기 때문이다.

➕ 델라에게는 나중에도 선물을 줄 수 있지만, 할아버지 시계는 팔아버리면 다시 살 수 없습니다.

해설

103p

1. 이야기를 읽으면서 내용을 잘 이해하고 있는지 확인하는 사실적 질문입니다. 머리카락 외에 머릿결, 머리 등 비슷한 낱말을 쓸 수도 있습니다.

2. 제임스가 시계를 팔 수밖에 없었던 이유를 여러 가지로 생각해 볼 수 있는 논리 문제입니다. 문장으로 자신의 생각을 쓰기 어려워하는 아이들을 위해 낱말 넣기로 문제를 바꾸어 쉽게 풀 수 있습니다.

3. 크리스마스에 선물을 받아본 경험을 나누고, 이번 크리스마스에는 어떤 선물을 받고 싶은지 그려봅니다. 선물이 받고 싶은 이유도 말해 볼 수 있도록 지도해 주세요.

4. 주인공의 행동을 어떻게 생각하는지 따져보는 비판적 활동입니다. 자신이 만약 제임스라면 어떤 선택을 했을지 생각해 보고, 좀 더 좋은 방법을 모색해 볼 수도 있습니다.

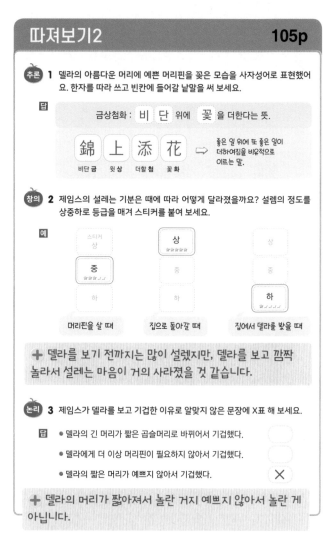

추론 1 델라의 아름다운 머리에 예쁜 머리핀을 꽂은 모습을 사자성어로 표현했어요. 한자를 따라 쓰고 빈칸에 들어갈 낱말을 써 보세요.

답

금상첨화 : 비 단 위에 꽃 을 더한다는 뜻.

錦 上 添 花 ⇨ 좋은 일 위에 또 좋은 일이 더하여짐을 비유적으로 이르는 말.

비단 금　윗 상　더할 첨　꽃 화

창의 2 제임스의 설레는 기분은 때에 따라 어떻게 달라졌을까요? 설렘의 정도를 상중하로 등급을 매겨 스티커를 붙여 보세요.

예

스티커 상 ☆☆☆☆☆	**상** ☆☆☆☆☆	상
중	중	중
하	하	**하**
머리핀을 살 때	집으로 돌아갈 때	집에서 델라를 봤을 때

➕ 델라를 보기 전까지는 많이 설렜지만, 델라를 보고 깜짝 놀라서 설레는 마음이 거의 사라졌을 것 같습니다.

논리 3 제임스가 델라를 보고 기겁한 이유로 알맞지 않은 문장에 X표 해 보세요.

답 ● 델라의 긴 머리가 짧은 곱슬머리로 바뀌어서 기겁했다.

　● 델라에게 더 이상 머리핀이 필요하지 않아서 기겁했다.

　● 델라의 짧은 머리가 예쁘지 않아서 기겁했다. ✕

➕ 델라의 머리가 짧아져서 놀란 거지 예쁘지 않아서 놀란 게 아닙니다.

105p

1. 문맥적 의미에 맞는 사자성어를 배우고, 한자의 음과 뜻을 보면서 뜻을 짐작해 보는 활동입니다. 한자를 직접 따라 써보면서 익힐 수 있도록 지도해 주세요.

2. 델라를 위해 선물을 준비한 제임스의 기분이 상황에 따라 어떻게 바뀌는지 생각해 보는 활동입니다. 정해진 답은 없지만 기분의 변화를 설득력 있는 이유를 들어 설명할 수 있으면 좋습니다.

3. 이야기에서 제임스의 생각이 아닌 것을 찾는 논리적 질문입니다. 서술된 내용을 토대로 제임스의 생각인지 아닌지 판단해 볼 수 있습니다.

따져보기3　107p

추론 1 제임스와 델라는 서로를 보고 당황했어요. 둘 중에서 누가 더 당황했을지 당황스러운 정도를 색칠해 보세요.

예

제임스　　0 당황스러움　　델라

➕ 머리핀을 선물로 사온 제임스가 델라보다 더 많이 당황했을 것 같습니다.

사실 2 델라가 머리를 자른 이유는 무엇인가요? 빈칸에 알맞은 낱말을 써 보세요.

답　제임스의 (선물(시곗줄))을/를 마련하느라 돈이 필요해서 머리카락을 팔았다.

논리 3 여러분이 델라라면 제임스의 선물을 사기 위해 머리카락을 자를 건가요? 이유와 함께 써 보세요.

예　내가 만약 델라라면 머리를 자르지 않을 겁니다. 델라의 머릿결은 매우 아름답기 때문에 제임스의 선물보다 더 소중하게 여겨야 한다고 생각합니다.

왜냐하면~

창의 4 머리카락을 파는 것 말고 델라가 돈을 마련하는 다른 방법은 없을까요? 델라에게 좋은 방법을 소개해 보세요.

예　돈을 마련하려면 이렇게 해 보세요.

머리카락 모델을 해보세요. 샴푸나 머리핀 같은 제품을 팔 때 모델이 되면 돈도 벌고 예쁜 머리도 보여줄 수 있어서 좋아요.

따져보기4　109p

사실 1 델라를 보고 제임스가 놀란 이유가 무엇인지 써 보세요.

답　델라를 위해 머리핀을 준비했는데 더 이상 머리핀이 필요 없어져서 놀랐습니다.

추론 2 선물을 받은 델라는 기뻐하다가 울음을 터뜨렸어요. 델라는 기쁜 걸까요, 슬픈 걸까요? 델라의 마음을 잘 표현한 문장에 스티커를 붙여 보세요.

예

| 기쁘기도 하고 안타깝기도 했다. | 우습기도 하고 화나기도 했다. | 재미있기도 하고 짜증나기도 했다. |

스티커 스티커

논리 3 제임스의 선물은 델라에게 좋은 것일까요? 자신의 생각에 동그라미 치고 이유를 써 보세요.

예　제임스의 머리핀 선물은 델라에게 (좋은 선물이다, **좋은 선물이 아니다**).
선물은 필요한 걸 받아야 좋다.

창의 4 이야기의 제목이 '크리스마스 선물'인 이유를 생각해 보고, 이야기와 어울리는 또 다른 제목을 지어 보세요.

예　머리핀과 시곗줄

➕ 제임스와 델라가 서로에게 가장 소중한 걸 선물해 주고 싶어 해서 이걸로 제목을 정했습니다.

해설

107p

1. 등장인물의 마음을 짐작해 보는 활동입니다. 델라와 제임스가 어느 정도 당황했는지 서로를 비교해 보면서 색칠해 보면 좋습니다.
2. 이야기를 읽고 내용을 잘 이해하고 있는지 확인하는 사실적 질문입니다. 이야기를 미리 읽고 '시곗줄'이라고 답을 할 수도 있습니다.
3. 델라 입장에서 어떻게 문제를 해결할지 따져보는 활동입니다. 델라처럼 행동할지 고민해 보고 그 이유를 명확하게 쓸 수 있으면 좋습니다.
4. 이야기에 제시된 문제 상황을 다른 방법으로 해결해 볼 수 있는지 좀 더 생각해 보는 문제입니다. 정해진 답이 없으므로 아이들의 독창적인 생각을 기대해 봅니다.

109p

1. 이야기 전개 상황에 맞춰 주인공의 마음을 써보는 활동입니다. 답과 비슷한 내용으로 썼는지 살펴봐 주세요.
2. 델라의 마음이 복합적으로 표현되어 이해하기 혼란스러울 수 있으므로 문제를 통해 명확하게 짚고 넘어가 봅니다. 기쁘기도 하고 안타깝기도 한 복합적인 감정을 느껴본 경험이 있는지도 물어봐 주세요.
3. 머리카락이 짧아진 델라에게 머리핀 선물이 좋을지 좋지 않을지 따져보는 문제입니다. 정해진 답이 없으므로 생각을 뒷받침하는 내용을 설득력 있게 쓸 수 있도록 지도해 주세요.
4. 이야기의 제목을 바꾼다면 무엇으로 할지 고민해 보면서 이야기 내용을 다시 한번 떠올려 보고 중심 낱말들을 조합해 보는 활동입니다. 자신이 정한 제목이 이야기와 잘 어울리는지 물어봐 주세요.

간추리기1 크리스마스 하루

작년 크리스마스에 제임스와 델라에게 있었던 일이야.
그림을 보고 **제임스와 델라의 속마음을 짐작해서 써 봐.**

예

간추리기2 무엇을

제임스와 델라가 크리스마스 선물로 주고받은 것을 표로 정리했어.
빈칸에 알맞은 내용을 넣어서 완성해 봐!

답

제임스		델라
금시계	가진 것	머리카락
시곗줄	필요한 것	머리핀
머리핀	주고 싶은 것	시곗줄
금시계	잃은 것	머리카락
시곗줄(사랑)	얻은 것	머리핀(사랑)

➕ 서로에 대해 진심으로 아끼고 사랑하는 마음
을 확인했으니까 얻은 것은 사랑입니다.

112p

이야기 중간 중간에 생략된 제임스와 델라의 마음을 말풍선에 써보면서 주인공을 더 깊이 있게 이해해 보는 활동입니다.

113p

제임스와 델라가 무엇을 주고받았다고 생각하는지 확인해 보는 활동입니다. 얻은 것으로 머리핀과 시곗줄을 쓸 수도 있지만, 그밖에 다른 것을 쓸 수도 있습니다. 왜 그렇게 생각하는지 이유를 물어봐 주세요.

짚어보기1 시계와 머리핀

다음 해, 제임스는 시계를 되찾고 델라는 머리가 자라서 머리핀을 사용할 수 있게 되었어. 제임스와 델라가 **시계와 머리핀에 의미 있는 말을 새긴다면 어떤 말일지 써 봐.**

예

머리카락은
하나하나 셀 수
있을지 몰라도
사랑은 셀 수 없다.

사랑하는 마음은
머리카락 길이와
상관없다.

짚어보기2 크리스마스 뉴스

제임스와 델라 이야기가 뉴스에 나왔어. 앵커는 이들의 이야기를 뉴스에 어떻게 소개할까? 뉴스 화면에 들어갈 자막을 쓰고 앵커의 말을 **이어서 써 봐.**

예

세상 어디에서도 찾을 수 없는 감동적인 크리스마스 선물이 있다고 해서 찾아가 봤습니다. 바로 뉴욕에 살고 있는 제임스와 델라가 주인공입니다. 이들은 크리스마스이브에 선물을 주고받았는데요,

🖉 놀랍게도 자신에게 가장 소중한 것을 팔아 돈을 마련해서 선물을 샀다고 합니다. 자신보다 상대방을 더 소중하게 여기는 마음이 느껴집니다. 어떻게 된 사연인지 나천사 기자가 만나보았습니다.

114p

이번 크리스마스 선물이 제임스와 델라에게 어떤 의미였을지, 이들이 무엇을 깨닫거나 생각했을지 문장으로 정리해 보는 활동입니다.

115p

제임스와 델라 이야기를 다른 사람들에게 전한다면 어떤 내용과 주제를 말할지 고민해 보고 글로 표현해 보는 활동입니다. 앵커의 말을 이어서 씀으로써 무엇을 중점적으로 전달할지 고민해 볼 수 있습니다.

짚어보기3　　　　116p

짚어보기3 산타 선물

이번 크리스마스에는 산타클로스가 제임스와 델라에게 선물을 주려고 해. 어떤 선물이 좋을지 그려 보고, 왜 그 선물이 좋은지 설명을 써 봐.

글과 그림으로 마음껏 표현해 보세요.

짚어보기4　　　　117p

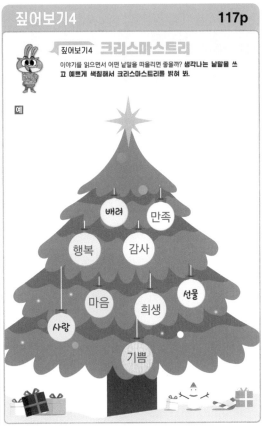

짚어보기4 크리스마스트리

이야기를 읽으면서 어떤 낱말을 떠올리면 좋을까? 생각나는 낱말을 쓰고 예쁘게 색칠해서 크리스마스트리를 밝혀 봐.

예

배려
만족
행복
감사
선물
마음
희생
사랑
기쁨

짚어보기5　　　　118p

짚어보기5 크리스마스 선물

예

세월이 흘러 할아버지 할머니가 된 제임스와 델라는 옛날에 있었던 크리스마스 선물 사건을 어떻게 기억할까? 제임스와 델라의 마음이 잘 드러나도록 빈 곳에 이야기를 써 봐.

델라 : 곧 크리스마스라서 그런가 옛날에 있었던 일이 생각나네요.

제임스 : 맞아요, 나도 그때를 생각하고 있었어요.

델라 : 여보, 그때 우리가 서로에게 준 게 선물이 맞는 걸까요?

제임스 : **선물이 맞아요. 선물은 다른 사람에게 좋은 의미로 주는 것이니까요.**

그때 이후로 나는 선물에 대한 생각이 달라졌어요.

델라 : 나도요. 선물은 무엇을 주느냐보다 어떤 마음으로 주느냐가 더 중요한 것 같아요.

제임스 : **나도 선물은 돈보다 진심 어린 마음으로 주는 게 더 중요하다는 생각이 들었어요.**

보고하기　　　　119p

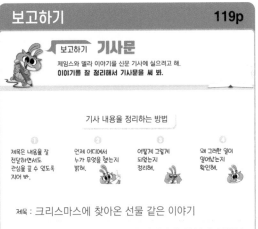

보고하기 기사문

제임스와 델라 이야기를 신문 기사에 실으려고 해. 이야기를 잘 정리해서 기사문을 써 봐.

기사 내용을 정리하는 방법

① 제목은 내용을 잘 전달하면서도 관심을 끌 수 있도록 지어 봐.

② 언제 어디서 누가 무엇을 했는지 밝혀.

③ 어떻게 그렇게 되었는지 정리해.

④ 왜 그러한 일이 일어났는지 확인해.

제목 : 크리스마스에 찾아온 선물 같은 이야기

이번 크리스마스에 제임스와 델라에게 있었던 일입니다. 제임스와 델라는 서로에게 의미 있는 선물을 하고 싶었는데요, 그래서 제임스는 자신이 가장 소중하게 여기는 시계를 팔고, 델라는 자신에게 가장 소중한 머리카락을 팔았습니다. 이들에게는 선물을 살 돈이 었었기 든요. 그런데 제임스가 산 선물은 머리핀이고, 델라가 산 선물은 시곗줄이었습니다. 과연 이게 크리스마스 선물이 맞는지 고민스러운 상황이 펼쳐졌는데요, 서로의 선물을 받고 행복해 하는 모습을 보니 이건 선물이 맞는 것 같습니다. 또한 이들의 이야기가 우리에게 감동을 주는 걸 보면 크리스마스에 찾아온 선물 같은 이야기라고 할 수 있겠습니다.

해설

116p

산타클로스가 되어서 제임스와 델라에게 선물한다면 무엇이 좋을지 고민해 보고 글과 그림으로 표현해 보는 활동입니다.

117p

이야기의 중심 낱말이 무엇인지 고민해 보는 활동입니다. 이야기의 주제를 잘 전달할 수 있는 어휘들을 생각해 볼 수 있으며, 어휘의 뜻을 명확히 이해하고 있는지도 확인해 볼 수 있습니다.

118p

세월이 지나고 제임스와 델라는 이 사건을 어떻게 기억할지 고민해 보는 활동입니다. 단순히 사건에 대한 내용만 쓰지 않고, 제임스와 델라 입장이 되어 깨달은 내용을 쓸 수 있으면 좋습니다.

119p

육하원칙으로 신문기사를 써보면서 중요 사건과 내용을 요약해 볼 수 있습니다.

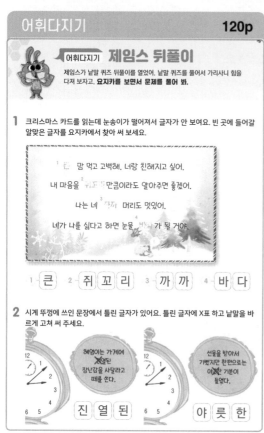

어휘다지기 제임스 뒤풀이

제임스가 낱말 퀴즈 뒤풀이를 열었어. 낱말 퀴즈를 풀어서 가리사니 힘을 다져 보자고. **요지카를 보면서 문제를 풀어 봐.**

1 크리스마스 카드를 읽는데 눈송이가 떨어져서 글자가 안 보여요. 빈 곳에 들어갈 알맞은 글자를 요지카에서 찾아 써 보세요.

> ¹□ 맘 먹고 고백해. 너랑 친해지고 싶어.
>
> 내 마음을 ²□□ 만큼이라도 알아주면 좋겠어.
>
> 나는 네 ³□□ 머리도 멋있어.
>
> 네가 나를 싫다고 하면 눈물 ⁴□□ 가 될 거야.

1 큰 2 쥐꼬리 3 까까 4 바다

2 시계 뚜껑에 쓰인 문장에서 틀린 글자가 있어요. 틀린 글자에 X표 하고 낱말을 바르게 고쳐 써 주세요.

혜영이는 가게에 X열된 장난감을 사달라고 떼를 쓴다.

진열된

선물을 받아서 기뻤지만 한편으로는 야X한 기분이 들었다.

야릇한

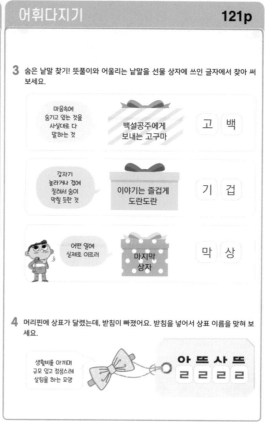

3 숨은 낱말 찾기! 뜻풀이와 어울리는 낱말을 선물 상자에 쓰인 글자에서 찾아 써 보세요.

뜻풀이		답
마음속에 숨기고 있는 것을 사실대로 다 말하는 것	백설공주에게 보내는 고구마	고 백
갑자기 놀라거나 겁에 질려서 숨이 막힐 듯한 것	이야기는 즐겁게 도란도란	기 겁
어떤 일에 실제로 이르러	마지막 상자	막 상

4 머리핀에 상표가 달렸는데, 받침이 빠졌어요. 받침을 넣어서 상표 이름을 맞혀 보세요.

생활비를 아끼며 규모 있고 정성스레 살림을 하는 모양

아 뜨 사 뜨
ㄹ ㄹ ㄹ ㄹ

해설

120~121p

요지카에서 다룬 어휘를 다시 한번 문제로 풀어보면서 어휘력을 기를 수 있습니다. 요지카를 보면서 문제를 풀 수 있도록 지도해 주세요.

MEMO

MEMO

✂ ── 자르는 선
········· 접는 선

1. 자르는 선을 따라 가위로 오려서 네 조각으로 만들어 주세요.
2. 접는 선을 따라 안쪽으로 한 번 바깥쪽으로 한 번 접어주세요.
3. 풀칠한 후 같은 번호끼리 모퉁이의 색깔을 맞춰 붙여주세요.
4. 요리조리 접거나 펴면서 그림에 나오는 내용을 상상해서 이야기해 보세요.

③ 풀칠

① 풀칠

④ 풀칠

② 풀칠

✂ —— 자르는 선
.... 접는 선

가리사니 임명장

이름:

직책: 가리사니

위 사람을 이야기나라의 가리사니로 임명합니다.

20   년   월   일

이야기나라의 가라사대왕

✂ —— 자르는 선
 ……… 접는 선

1. 자르는 선을 따라 가위로 오려서 네 조각으로 만들어 주세요.
2. 접는 선을 따라 안쪽으로 한 번 바깥쪽으로 한 번 접어주세요.
3. 풀칠한 후 같은 번호끼리 모퉁이의 색깔을 맞춰 붙여주세요.
4. 요리조리 접거나 펴면서 그림에 나오는 내용을 상상해서 이야기해 보세요.

③
풀칠

①
풀칠

④
풀칠

②
풀칠

✂ —— 자르는 선
.... 접는 선

① 풀칠

③ 풀칠

② 풀칠

④ 풀칠

가리사니 임명장

이름:

직책: 가리사니

위 사람을 이야기나라의 가리사니로 임명합니다.

20   년   월   일

이야기나라의 가라사대왕

✂ ——— 자르는 선
········ 접는 선

1. 자르는 선을 따라 가위로 오려서 네 조각으로 만들어 주세요.
2. 접는 선을 따라 안쪽으로 한 번 바깥쪽으로 한 번 접어주세요.
3. 풀칠한 후 같은 번호끼리 모퉁이의 색깔을 맞춰 붙여주세요.
4. 요리조리 접거나 펴면서 그림에 나오는 내용을 상상해서 이야기해 보세요.

③

풀칠

① 풀칠

④ 풀칠

② 풀칠

✂ ── 자르는 선
‧‧‧‧‧‧‧ 접는 선

가리사니 임명장

이름:

직책: 가리사니

위 사람을 이야기나라의 가리사니로 임명합니다.

20 ___ 년 ___ 월 ___ 일

이야기나라의 가라사대왕

✂ —— 자르는 선
········· 접는 선

크리스마스 선물

1. 자르는 선을 따라 가위로 오려서 네 조각으로 만들어 주세요.
2. 접는 선을 따라 안쪽으로 한 번 바깥쪽으로 한 번 접어주세요.
3. 풀칠한 후 같은 번호끼리 모퉁이의 색깔을 맞춰 붙여주세요.
4. 요리조리 접거나 펴면서 그림에 나오는 내용을 상상해서 이야기해 보세요.

③
풀칠

①
풀칠

④
풀칠

②
풀칠

14

가리사니 임명장

이름:

직책: 가리사니

위 사람을 이야기나라의 가리사니로 임명합니다.

20　　년　　　월　　　일

이야기나라의 가라사대왕

요지카 1	요지카 2
# 쓰라리다	# 맞바꾸다
낱말 등급 ★★★★☆	낱말 등급 ☆★★★★

요지카 3	요지카 4
# 헐값	# 앙갚음
낱말 등급 ★★★★☆	낱말 등급 ★★★★☆

요지카 5	요지카 6
# 묵다	# 덥석
낱말 등급 ☆★★★★	낱말 등급 ★★★★☆

요지카 7	요지카 8
# 능청	# 능글맞다
낱말 등급 ★★★★☆	낱말 등급 ★★★★☆

요지카 9	요지카 10
# 들통	# 십상
낱말 등급 ★★★★★	낱말 등급 ★★★★★

 어렵거나 중요한 정도를 점수로 매겨 별점에 색칠해 보세요. 1장 똥강아지 꿀강아지 요지카 17

1장 똥강아지 꿀강아지   ✏ 글자를 따라 써 보세요.

꿀을 양식과 맞바꾸려고
찾아갔어요.

🍎 진짜진짜 독서논술

1장 똥강아지 꿀강아지   ✏ 글자를 따라 써 보세요.

아직도 똥꼬가
쓰라려요!

🍎 진짜진짜 독서논술

1장 똥강아지 꿀강아지   ✏ 글자를 따라 써 보세요.

화가 나서 앙갚음하기로
마음먹었어요.

🍎 진짜진짜 독서논술

1장 똥강아지 꿀강아지   ✏ 글자를 따라 써 보세요.

꿀을 헐값에 꿀꺽해야겠다고
마음먹었어요.

🍎 진짜진짜 독서논술

1장 똥강아지 꿀강아지   ✏ 글자를 따라 써 보세요.

놀랍고 탐이 나서
덥석 사겠다고 했어요.

🍎 진짜진짜 독서논술

1장 똥강아지 꿀강아지   ✏ 글자를 따라 써 보세요.

저번에 판 꿀은 묵은
것이에요.

🍎 진짜진짜 독서논술

1장 똥강아지 꿀강아지   ✏ 글자를 따라 써 보세요.

그렇게 능글맞은 줄은
처음 알았어요.

🍎 진짜진짜 독서논술

1장 똥강아지 꿀강아지   ✏ 글자를 따라 써 보세요.

조카는 능청을 떨며
말했어요.

🍎 진짜진짜 독서논술

1장 똥강아지 꿀강아지   ✏ 글자를 따라 써 보세요.

그냥 똥강아지로
변하기 십상이에요.

🍎 진짜진짜 독서논술

1장 똥강아지 꿀강아지   ✏ 글자를 따라 써 보세요.

어떻게 들통나지
않겠어요?

🍎 진짜진짜 독서논술

요지카 **1**

어기다

낱말 등급 ☆☆☆☆☆

요지카 **2**

헌신짝

낱말 등급 ☆☆☆☆☆

요지카 **3**

팽개치다

낱말 등급 ☆☆☆☆☆

요지카 **4**

생떼

낱말 등급 ☆☆☆☆☆

요지카 **5**

우스갯소리

낱말 등급 ☆☆☆☆☆

요지카 **6**

무성하다

낱말 등급 ☆☆☆☆☆

요지카 **7**

아차

낱말 등급 ☆☆☆☆☆

요지카 **8**

허탕

낱말 등급 ☆☆☆☆☆

요지카 **9**

식은땀

낱말 등급 ☆☆☆☆☆

요지카 **10**

교활하다

낱말 등급 ☆☆☆☆☆

 어렵거나 중요한 정도를 점수로 매겨 별점에 색칠해 보세요.

약속을 헌신짝처럼 버렸어요.

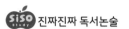 진짜진짜 독서논술

해를 두고 한 맹세를
어겼어요.

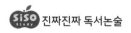 진짜진짜 독서논술

약속하지 않으면 돌아갈 수
없다고 생떼를 부렸어요.

진짜진짜 독서논술

약속을 팽개치는 놈이라며
뭐라고 했어요.

진짜진짜 독서논술

온갖 나무가 무성한
숲이 있어요.

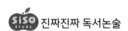 진짜진짜 독서논술

우스갯소리라면서 슬쩍
이야기를 들려주었어요.

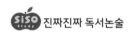 진짜진짜 독서논술

애써 한 일이 허탕이
되었어요.

진짜진짜 독서논술

아차, 토끼는 놀랐지만
곧 능청을 떨었어요.

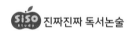 진짜진짜 독서논술

거짓말쟁이에 교활한
놈이라고 떠들어 댄답니다.

진짜진짜 독서논술

등에서 식은땀이 줄줄
흘렀어요.

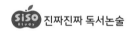 진짜진짜 독서논술

자르는 선

요지카 1	요지카 2
죄다	**날강도**
낱말 등급 ★★★★★	낱말 등급 ★★★★★

요지카 3	요지카 4
노발대발	**언덕배기**
낱말 등급 ★★★★★	낱말 등급 ★★★★★

요지카 5	요지카 6
난생처음	**절레절레**
낱말 등급 ★★★★★	낱말 등급 ★★★★★

요지카 7	요지카 8
되레	**너스레**
낱말 등급 ★★★★★	낱말 등급 ★★★★★

요지카 9	요지카 10
수치	**먹칠**
낱말 등급 ★★★★★	낱말 등급 ★★★★★

어렵거나 중요한 정도를 점수로 매겨 별점에 색칠해 보세요.

3장 바보 마을 고담　　🖋 글자를 따라 써 보세요.

왕은 날강도 같았어요.

SiSO 진짜진짜 독서논술

3장 바보 마을 고담　　🖋 글자를 따라 써 보세요.

마음에 드는 것은 죄다
빼앗았어요.

SiSO 진짜진짜 독서논술

3장 바보 마을 고담　　🖋 글자를 따라 써 보세요.

마을이 보이는 언덕배기에서
만났어요.

SiSO 진짜진짜 독서논술

3장 바보 마을 고담　　🖋 글자를 따라 써 보세요.

왕이 노발대발하고
말았어요.

SiSO 진짜진짜 독서논술

3장 바보 마을 고담　　🖋 글자를 따라 써 보세요.

머리를 절레절레 흔들었어요.

SiSO 진짜진짜 독서논술

3장 바보 마을 고담　　🖋 글자를 따라 써 보세요.

오, 난생처음 알았네요!

SiSO 진짜진짜 독서논술

3장 바보 마을 고담　　🖋 글자를 따라 써 보세요.

이렇게 똑똑한 이는 처음
본다고 너스레를 떨었어요.

SiSO 진짜진짜 독서논술

3장 바보 마을 고담　　🖋 글자를 따라 써 보세요.

남자는 되레 바보 같다는
듯이 쏘아붙였어요.

SiSO 진짜진짜 독서논술

3장 바보 마을 고담　　🖋 글자를 따라 써 보세요.

제 얼굴에 먹칠한 것 같아요.

SiSO 진짜진짜 독서논술

3장 바보 마을 고담　　🖋 글자를 따라 써 보세요.

바보를 상대하는 것은
수치라고 생각했어요.

SiSO 진짜진짜 독서논술

요지카 **1**

야릇하다

낱말 등급 ☆☆☆☆☆

요지카 **2**

알뜰살뜰

낱말 등급 ☆☆☆☆☆

요지카 **3**

큰맘

낱말 등급 ☆☆☆☆☆

요지카 **4**

진열되다

낱말 등급 ☆☆☆☆☆

요지카 **5**

쥐꼬리

낱말 등급 ☆☆☆☆☆

요지카 **6**

막상

낱말 등급 ☆☆☆☆☆

요지카 **7**

기겁하다

낱말 등급 ☆☆☆☆☆

요지카 **8**

까까머리

낱말 등급 ☆☆☆☆☆

요지카 **9**

눈물바다

낱말 등급 ☆☆☆☆☆

요지카 **10**

고백하다

낱말 등급 ☆☆☆☆☆

어렵거나 중요한 정도를 점수로 매겨 별점에 색칠해 보세요.

4장 크리스마스 선물   ✏ 글자를 따라 써 보세요.

살림을 알뜰살뜰 꾸려
나갔어요.

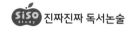 진짜진짜 독서논술

4장 크리스마스 선물   ✏ 글자를 따라 써 보세요.

작년 크리스마스에 야릇한
일이 있었어요.

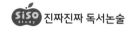 진짜진짜 독서논술

4장 크리스마스 선물   ✏ 글자를 따라 써 보세요.

상점에 진열된 머리핀에서
눈을 떼지 못했어요.

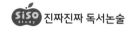 진짜진짜 독서논술

4장 크리스마스 선물   ✏ 글자를 따라 써 보세요.

지난 크리스마스에 큰맘 먹고
좋은 선물을 샀어요.

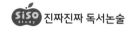 진짜진짜 독서논술

4장 크리스마스 선물   ✏ 글자를 따라 써 보세요.

막상 사고 보니 정말 예뻤어요.

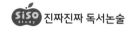 진짜진짜 독서논술

4장 크리스마스 선물   ✏ 글자를 따라 써 보세요.

쥐꼬리만 한 월급으로는
먹고살기에 빠듯해요.

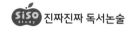 진짜진짜 독서논술

4장 크리스마스 선물   ✏ 글자를 따라 써 보세요.

곱슬머리든 까까머리든
상관없어요.

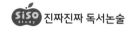 진짜진짜 독서논술

4장 크리스마스 선물   ✏ 글자를 따라 써 보세요.

델라를 보고 기겁하고
말았어요.

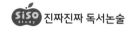 진짜진짜 독서논술

4장 크리스마스 선물   ✏ 글자를 따라 써 보세요.

곧 사실대로 고백했어요.

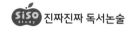 진짜진짜 독서논술

4장 크리스마스 선물   ✏ 글자를 따라 써 보세요.

방 안이 눈물바다가 될
정도였어요.

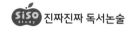 진짜진짜 독서논술

p57

조마조마   싱숭생숭   알쏭달쏭

p60

고구려	백제	대막리지
보장왕	대재	생떼
사신	꾀	거짓말
맹세	신라	장군

p65

p66

거짓말	거짓말	거짓말
꾀	꾀	꾀
거짓말	거짓말	거짓말
꾀	꾀	꾀

p92

p105

상 ★★★★☆	상 ★★★★☆	상 ★★★★☆
중 ★★★☆☆	중 ★★★☆☆	중 ★★★☆☆
하 ★☆☆☆☆	하 ★☆☆☆☆	하 ★☆☆☆☆

p109